徐大军 著

名士派

世说新语的世界

知·趣

浙江古籍出版社

图书在版编目(CIP)数据

名士派:世说新语的世界 / 徐大军著. —杭州:浙江古籍出版社, 2018.11
ISBN 978-7-5540-1235-2
(知·趣丛书)

Ⅰ.①名… Ⅱ.①徐… Ⅲ.①《世说新语》-古典小说评论 Ⅳ.①I207.419

中国版本图书馆CIP数据核字(2018)第064028号

名士派:世说新语的世界

徐大军 著

出版发行 浙江古籍出版社
(杭州市体育场路347号)
网　　址 www.zjguji.com
责任编辑 陈小林
责任校对 余　宏
书籍设计 张弥迪
责任印务 楼浩凯
照　　排 杭州兴邦电子印务有限公司
印　　刷 浙江新华印刷技术有限公司
开　　本 787mm×1092mm　1/32
印　　张 7.875　**插　　页** 4
字　　数 144千字
版　　次 2018年11月第1版
印　　次 2018年11月第1次印刷
书　　号 978-7-5540-1235-2
定　　价 40.00元

《竹林七贤与荣启期》

明·夏葵《雪夜访戴图》

明·仇英《千秋绝艳图》局部（绿珠像）

明·祝允明《兰亭序》

石渠定鑑
寶笈重編
嘉慶御覽之寶
乾隆御覽之寶

明・王仲玉《陶渊明像》(局部)

目　录

引　言

《世说新语》这本书，很多读过的人会说它有趣，很多人也是奔着有趣而翻开它的。但里面那些趣人趣事，读来并非意想中那般畅快，总会让人有不尽意、不尽兴之感，原因就是我们读到那些有趣的地方，往往会感到内容太过简单了；而每当看到这类内容简单的地方，就难免会感到索然无趣。比如你读到一句有趣的话，它就那么无背景、无铺垫地摆在了你眼前，就好像你正走在后花园墙外的幽静小路上，突然有一节翠竹从墙内飞落在你身后，无根无梢的，很是费琢磨。再比如你读到一个有趣的人，他会毫无征兆地撞在你面前，就好像现代都市里玩的“快闪”劲舞，瞬间在你眼前展开，又很快从你眼前离开，等你想着靠上去表达一下赞美之情或者一探究竟，人家早已泯然于人群了。我们得以了解这个人的文字片段，就是如此情节简单，叙述零碎，并散落在书中的各篇各处，让我们读起来感觉言不尽意，意不尽兴，不过瘾、不连贯。

《世说新语》的内容，即是呈现出这种简单零碎的片段排列状态。

《世说新语》的时空，即是由这些简单零碎片段里的人物构建成的，里面随处散落着他们的行迹和声响，没有一件事情贯穿始终，也没有一个人物贯穿始终，都是这样的碎片式的存在。这一点倒很像我们闲散无序的日常生活时空，里面的很多人与事，对于我们来说也是碎片式的存在。有的人给我们的印象就是一个小小的片段，它来自彼此擦肩而过的一次对视，然后就终结在我们的记忆中了；有的人会每隔几年跳出来，让我们看到他的境况或者他想让我们看到的境况，这些零散的片段就这么蹦蹦跳跳地存在于我们庸常的生活时空里，直到最终消失。

《世说新语》对于众多名士的意义也是如此。它在自己的时空里就那么不经意地扫瞄着、拣拾着这个时空里的趣人趣事。有些人只出现了一次，说了一句话，做了一件事，然后就消失在人潮人海中，再也没有出现过；有些人反复无常地出现过多次，给我们留下了许多零碎的片段，比如竹林七贤中的王戎，他一会儿陪着阮籍喝酒聊天，一会儿大清早坐在女儿女婿的卧室里，一会儿夜深人静时与老婆忙着数钱算账，一会儿又站在那儿评说着年青的后辈……然后就老了。一个人，无论他是多么鲜活的生命，有多么丰富的人生，最后终结于这本书上的也就仅仅这么几个片段，甚至一个片段。……当然，这不是他的自然原生态的人生，只是《世说新语》拣拾出来的几个零散片段而已。

《世说新语》的时空也不是自然原生形态的时空，而是它自己构建的，它有自己的意图和目的，所以就会对它扫瞄到的人与事做出筛选和删削，以适用于它的时空构建。在这个时空里，那些行走着的名士们，无论是从容的，还是激越的；无论是高标自许的，还是卓绝自命的；无论是不识时务的，还是不合时宜的，在处于困窘、危难之境时，能够表现出精神气度涵养之后的从容、优雅和气量；在面对尴尬、急迫之事时，亦能够展示出知识素养熔炼之后的机智、幽默和轻盈。可以说，聚拢这些的不是历史的时空，也不是人物的时空，而是姿态的时空。这姿态就体现在名士们于日常或异常处境中的言行应对所显示出的精神气度和风姿神貌。

先看名士们在处世应物中语言表达的优美、机智和巧妙。晋孝武帝司马曜打算组织读书会来讲论《孝经》，谢安、谢石兄弟就与众人在府里预先操练，车胤担心自己问难太多会让二谢心烦劳累，就私下里向袁羊问询，袁羊答之不必顾虑，你何尝见明镜会因为屡照而疲惫，清流会因为风吹而变脏呢？（“何尝见明镜疲于屡照，清流惮于惠风”。言语90）

桓玄篡位，志得意满地坐上那把龙椅，不料龙椅所在的地方竟然下陷，这不是个好征兆，群臣惊惶失措，无以为解。殷仲文从容救场：“这是由于皇上您德行厚重啊，以至于大地都承受不起了。”（“当由圣德渊重，厚地所以不能载”。言语106）

钟毓、钟会幼有神童之誉，十三四岁时，其父钟繇领着兄弟俩去拜见魏文帝曹丕。由于紧张害怕，钟毓脸上渗满汗珠，但钟会没有。曹丕就问哥哥为何脸上出汗呢，钟毓回答说："战战惶惶，汗出如浆。"又问弟弟为何脸上没有汗呢，钟会的机智回答令人惊奇："战战栗栗，汗不敢出。"（言语11）

而在行为表达上，名士们的创意更是异彩纷呈，展示了他们的精神气度和知识素养所熔炼出的优雅、旷达，尤其是处于窘迫之境中。

王徽之（字子猷）、王献之（字子敬）曾共坐一室，突然房顶火发，情况危急，恐怖莫辨。子猷急走避，鞋子都没来得及穿。而王献之呢，"神色恬然，徐唤左右，扶凭而出，不异平常"（雅量36），表现出了一种猝然临之而不惊的淡定、从容姿态。

王珣与谢安二人虽交恶很深，怨气很重，互不交往，但王珣遇到谢安时仍能神意闲畅，从容恬淡，毫无忸怩局促之态。谢安心中大为赞赏，也公开叹服王珣的气度。后谢安去世，王珣毅然登门吊祭，谢家人不理睬他，他也不理睬谢家人，"直前哭，甚恸，不执末婢手而退"（末婢，是谢安之子谢琰的小字。依古礼，吊丧者应哭灵后执主人手，以示慰问。伤逝15），表达了他对于一个真正知赏自己的人的尊敬和感谢。

一个人在身处死亡绝境时仍能保持优雅的姿态，不放松生命刻度，这最可见出他的精神气度。夏侯玄忠于曹魏，在司马氏集团清除曹爽一线势力时，被拘押于廷尉钟毓处。钟毓、钟会兄弟一直想结交他，但玄以志趣不同，不与之交；

即使沦为阶下囚，面对钟氏兄弟的示好，夏侯玄依然正色拒绝："虽复刑余之人，不可得交。"（方正6）仍能坚持操守，珍惜声誉，不屈尊严，不求苟全。"临斩，颜色不异，举止自若"（《三国志·魏志·夏侯玄传》）。

嵇康以仁义是非为己任，"刚肠疾恶，轻肆直言，遇事便发"（《与山巨源绝交书》），对于路人皆知的司马昭之心，他认为自己有责任站出来，以示担当，以示道义。最终，他被司马昭下狱论斩。

嵇中散临刑东市，神气不变。索琴弹之，奏《广陵散》。曲终，曰："袁孝尼尝请学此散，吾靳固不与，《广陵散》于今绝矣！"（雅量2）

嵇康在三十九岁临刑时，已经按照他的人生原则完成了他的责任和担当，《广陵散》成了绝响，一代风流也成为绝响。

再看潘岳。权臣贾谧在赵王司马伦发动的政变中被诛灭，石崇、潘岳二人既因为集团权斗也因为个人恩怨，就被赵王伦的心腹孙秀拘至刑场处斩。石崇先被押到刑场，当他看到潘岳随后被押来时，很是惊讶："天下杀英雄，卿复何为？"石崇自认为是世之豪杰，与潘岳这样的文人雅士并非同类，现在赵王伦诛杀天下英雄，关你潘岳什么事呢？潘岳淡然答之："俊士填沟壑，余波来及人。"（你们英雄豪杰列队斗杀，我只因靠得太近，被你们的剑气伤到了。仇隙1刘孝标注）潘岳身处生命绝境，对于朋友半真半假的诘问，仍能以雅致诗句作答，有幽默，有苦涩，有无奈，然犹于窘迫处存有从容赴死的优雅之态。

名士们于日常或异常处境的言行应对所表现出的这些风姿，是支撑起《世说新语》世界的重要力量。另一种支撑力量，则是那些投向名士风姿的欣赏、崇拜的目光。它们共同支撑了《世说新语》的时空。

庾亮身为顾命大臣，辅佐幼主，然虑事不周，错判局势，招致苏峻叛乱，朝廷倾覆，自己也亡命逃窜。陶侃临危受命，被推为盟主，领兵平叛，认为应诛杀庾亮以谢天下。庾亮忧怖无计，温峤力劝其拜见陶侃，以求宽宥。庾亮便前往拜会，“其风姿神貌，陶一见便改观，谈宴竟日，爱重顿至”（容止23）。陶侃因为庾亮之风姿神貌而去杀心、加爱重，这传达了当时人对名士气度风姿的爱惜、尊重之情，以及一个人的俊美风姿所具有的强大魅力。

郭奕（字太业）为野王令（野王，古邑名），听闻羊祜（字叔子）因赴洛阳而路过此地，便慕名拜望。羊之风姿神貌，郭奕一见倾服，自叹弗如：“羊叔子何必减郭太业！”次日再去拜见，回家后仍赞叹不止：“羊叔子去人远矣！”后来羊祜要动身赴洛了，郭奕恋恋不舍，竟一路送出去数百里，完全忘记了私自出境则免官的禁令；望着羊祜远去的背影，仍在反复感叹：“羊叔子何必减颜子！”（赏誉9）郭奕因为倾服一个人的风姿神貌和优美品格，竟会有如此深情的流连叹赏和倾心追随，令人感佩。

陶侃对庾亮的爱重，郭奕对羊祜的倾服，都体现了他们对名士气度风范的欣赏、爱惜、向往和崇拜之情。这正是能够培养、激发出那个时代名士之精神气度和风姿神貌的适宜气候。

那些根植于才学修为所散发出来的风姿神貌之美，让人感到赏心悦目、神超形越。夏侯玄“朗朗如日月之入怀”（容止4），卫玠“冏若明珠之在侧，朗然照人”（《晋书》卷36《卫玠传》），裴楷“光映照人”，见到他的人就好像行走于玉山之上（容止12）。

那些根植于智慧气量所涵养出来的精神气度之美，让人感到清新脱俗、爽朗愉悦。谢安谈到他小时候见到丞相王导，“便觉清风来拂人”（容止25刘孝标注）。刘惔心中每想起王微的飘逸风姿，就感觉到“长松下当有清风”（言语67）。许珣（字玄度）精神气度超凡脱俗，为时人所赞赏仰慕，刘惔亦申其向往之诚：“清风朗月，辄思玄度。”（言语73）

还有那个最先出场的陈蕃（字仲举）——

陈仲举言为士则，行为世范，登车揽辔，有澄清天下之志。（德行1）

这是《世说新语》开篇第1条的第一句，节奏铿锵顿挫，意境高简疏朗。陈仲举正登车揽辔，风姿高迈；欲澄清天下，神志旷远，其飘逸俊拔、高蹈昂扬之态，跃然纸上，仿佛他那明扬豪迈、睥睨天下的炯炯眼神已经拓开了一片高远澄澈的天地，让我们感受到了从《世说新语》的世界里吹来的阵阵清风，升起的盈盈朗月，令人振奋，令人向往。

那么，就让我们的眼睛先盯住陈仲举，多盯一会儿，趁着他还在登车揽辔，赶快收拾一下自己的心情，踏上他那架将去“澄清天下”的马车，走进《世说新语》的世界，去感受一下鼓荡于此的那股松下清风，照耀于此的那轮玉山朗月。

拜访名士有多重要

要成长为一个名士并非易事，修养、名声都须积累，一味狂放是不够的，还要狂放得有内涵、有格调、有档次，还要让别人知道你是如此的狂放。“十年磨一剑”当然重要，“今日把示君”也很必要，要不然你磨剑时，人家什么都收割完了，你这剑只好去翻土了。所以，即使你修炼了所有的名士作派，喝了不少酒，吃了不少药，手里摇着顶上两个肾的扇子，光着屁股在家里晃荡三圈，这些大招都用上了，可谁又知道呢，道上不知啊，当时官方、民间有那么多的朋友圈你没混进去，那么多的排行榜你没挂上牌。怎么办呢？得去拜访名士，而且要赶快，要趁早啊。人家孔融四岁都能让梨了，司马光七岁砸缸就已经输了三年。

孔融这个人大家都知道吧，人家四岁就成了闻名天下、妇孺皆知的“别人家的孩子”，直到今天还让许多孩子吃个梨都心不安宁，是让呢，还是不让呢；To do，or not to do，真是个纠结的问题。这还不算完，当你还在学人家让梨呢，人家十岁时又有新行动了——远赴洛阳到大名士李膺家踢馆。小小年纪，不但让孩子们有压力，也开始让大人们感到不安。才十岁啊，就能够见到大名士李膺，而且还得到李膺的赞许，太难得了！为什么这么说呢？除了因为李膺名高当世，更重要的原因是，李膺发布的排行榜极为严格、极为清爽——严格到好多名士根本挂不上牌，清爽到挂上牌的名士也就个位数。比如他未入仕前就只与荀淑、陈寔两个人玩，有个叫樊陵的想拜他为师，“求为门徒”，李膺“谢不受”（《后汉书·李膺传》）。等他在洛阳当了大官后，门庭也很清静，因为他的朋友圈很难加进去，所以，“后进之士，有升其堂者，皆以为登龙门”（德行4）。荀爽就因为拜访到了李膺，还为他当了一回车夫，欣喜若狂，回家逢人就显摆，所以史书有“李君与人同舆载，则名闻天下”的说法；而郭泰这个人呢，则因为见到了李膺，得到了赞许，且被视为朋友，于是名震京师。也就是在这个时候，十岁的孔融也扑面而来了，带着踢馆的态度与架势，明知山有虎，偏向虎山行，成功地登堂入室，显胆识，逞才智，在与李膺及其朋友的一番交口交手后，一枪挒倒陈韪，有理有节地击破了北斗七星阵（详见《名士们是如何做父亲的》），赢得了李老前辈的含笑赞许：“长大必为伟器。”从此，李膺的排行榜上出现了一个十岁小孩，而且获得了年度最受关注奖。

再说王弼这个人。我们现在知道他有名，不只因为他二十四岁就死了，而是因为他二十四岁就死了竟然还能成为魏晋玄学的主要代表人物，建立起体系庞大、内容深奥的玄学理论，留下《道德经》《易经》等注解、研究之作，让后世二十四岁的看不懂、四十八岁的还在不断地研究。想一想也难怪啊，人家十多岁就喜好老庄之学，开始思考一些“有”、“无”之类的概念，这基本上就是为此而生的了，确实很厉害。但在当时，他如此厉害的名声也是靠拜访名士得来的。何劭《王弼传》说他十多岁就与当时许多名士辩论玄学问题，天才卓出，通辩能言，“当其所得，莫能夺也”，很少有人能辩得过他，深得当时名士的赏识（《三国志·魏志·钟会传》裴注引）。《世说新语》也说他未弱冠时就去拜访过何晏、裴徽等大名士（文学6、7、8）。何晏当时是吏部尚书，也是清谈名士的盟主级人物，有位又有望，但对这个不到二十岁的小伙子“甚奇之”，大为赞叹：“后生可畏，若斯人者，可与言天人之际矣！”意思就是说，这个小孩可以与我对话了。这个二十四岁就逝去的年轻人，有着一个永远青春的形象，永远飘荡在天人之际思考着“天人之际的问题”。

对于孔融、王弼这样的小孩子来说，李膺、何晏这些大名士的赞许认可太重要了，他们一下子就在竞争激烈的名士排行榜上挂了牌，好风凭借力，大有冲天之势，就好比在江湖兵器谱上可以直追倚天剑、屠龙刀了。之所以这些人的评鉴有如此威力，乃是因为当时的官员选拔体系、人才评价环境。汉晋之际，官员上位须通过荐举程序，民间的各种舆论是把选人的尺子，舆论杀人，舆论举人，所以，时人极重名誉，而那些庙堂、江湖大佬们主宰的名士排行榜所发布的人才鉴定报告，则在社会上认可度极高，权威性极强，他们的赞誉乃是获取高名的绝佳途径，得到晋升的有效方式。前面提到，李膺的一句赞叹，就能让郭泰名震京师。水镜先生（司马徽）也是这一档级的人物，他的一句“生当为南州士人之冠冕”，就让无名小青年庞统声名鹊起（言语9）。所以，才会有那么多有志青年熙熙攘攘奔波于拜访名士的道路上，为当时的交通事业作出了巨大的贡献。

但对于这些奔向排行榜的有志青年们，李膺、司马徽这些大名士常常采取饥饿疗法，很少出鉴定报告。李膺出的少，是因为能拜访到他的人少；司马徽出的少，是因为能让他说出有效信息的人少。所以，水镜先生的排行榜也很权威，要不然刘备咋那么相信他的话，把诸葛亮看得那么重要，三顾茅庐呢。

水镜先生的排行榜之所以非常权威，还有一个重要的原因，就是他的鉴定报告数据精确，表述清晰，效力绝佳，诸葛亮、庞统就是从他的排行榜上走出来的杰出青年。一句“伏龙、凤雏，两人得一，可安天下”，干脆利落，简洁明了（此是《三国演义》中语，《世说新语》作“俗士岂识时务，此间自有伏龙、凤雏”），这要比当时许多排行榜的人才鉴定报告强得多，比如“叔度汪汪如万顷之陂，澄之不清，扰之不浊，其器深广，难测量也”（德行3），就挺忽悠人的。二者的风格差别，就好像小伙伴们在课堂上昏昏沉沉地听着诗歌朗诵，席阿姨说：“我就是那一只决心不再躲闪的白鸟。”舒阿姨说：“我如果爱你，绝不学痴情的鸟儿，为绿荫重复单调的歌曲。”这时余秀华姐姐的声音轻细而决绝地传来：“我要穿过大半个中国去睡你。”怎么着了呢？小伙伴们的各种感觉一下子就扑了上去，太解气了，太提气了，估计各路装备用品商恨不得都要给点赞助。——就此打住，有点“串圈”了，我们还是回到名士圈吧。

正因为这些大佬们的评估鉴定报告如此重要，所以有志青年拜访他们可就不是简单随意的事了。因为你去拜访名士，并不是简单地要见一下偶像大神，签个名，拍个合影，而是想求粉求赞，想得到这些大名士的认可，以便能在名士排行榜上挂个牌。于是，这种拜访就有些糟心了，你光有才还不行，还得有胆有识，还得考虑着态度、方式、分寸等因素的拿捏，于是，这拜访的心态、姿态可就纷呈了。

有的年轻人到了大佬家门口却畏缩止步了，连门都不敢敲。江湖上都知道，这帮大佬们恃才傲物，恃名傲人，说话可损可损了，出口伤人是常有的事。年轻人虽然有志进见，可就怕没得到赞许，给了个差评，如果那样，你就是托马云打电话也改不过来，那这店可咋开，不就彻底没法混了嘛，所谓“一玷清议，终身不齿”。所以，即使做足了进见的准备，也有临阵气馁逃脱的，钟会就是这样的。我们知道钟会小时候是个神童，但人家学习也很努力，憋了好几个月，写了一部书稿《四本论》，光看名字就挺有学问，自己也觉得挺得意，想让嵇康掌掌眼，于是就揣在怀里，一个人去嵇康家，可到地方了又怕嵇康给个差评，胆虚了，不敢进门，绕屋三匝，还是没敢敲门。最后呢，使了个绝招——隔着墙头扔了进去，然后撒腿就跑（文学5）。

还有的呢，见是见到了，可人家不搭理，靠气场就把你整崩溃了。还是说钟会吧。此人后来有点小名气，但还是想得到嵇康的认可。可能这是他的一个心结吧，还是忘不掉那本扔到人家里的书稿啊。这次呢，他不是一个人去拜访了，而是纠集了一大帮，乘肥衣轻，宾从如云，挺壮胆的；想着见面后的高谈阔论，清风徐风，嵇老伯摇着扇子，俺们也摇着扇子，谈谈学习，聊聊学问，说不定老伯心情好了，会谈到前几年空中落到院子里的那本书写得还不错。可是，万万没想到啊，嵇老伯没摇扇子，而是抡大锤打铁，还光膀子穿着个大裤衩；而且还根本不搭理这帮一身名牌的年轻人，视若无物。这局面根本不在预算范围之内啊，钟会一下子就蒙了，心里直嘀咕：难道是因为上次往人家院子里扔东西，砸到会下蛋的老母鸡了。我估计呢，当此之际，钟会不是不想开口，但你说在那样的情况下，谈哲学合适吗，谈服装合适吗，说老伯您这大裤衩挺销魂的？不合适啊。可要是谈打铁，万一让我也来两锤咋办，倒不是说没点力气，而是担心自己那私人定制的一身行头啊，好多钱呢；或者也学嵇康一样脱得只剩个大裤衩，可又怎忍心自己那一身小鸡排骨啊。最后只好负气而去。

再看一个被大名士气场击溃的拜访。谢万是谢安的弟弟，路过吴郡时，想去拜访吴郡太守王恬（丞相王导的次子）。相对于王恬的世族身份来说，谢万是个暴发户。所以谢万想去拜访，就是希望能结交王恬，能得到赞许。但老贵族们看不起暴发户，王恬根本看不起谢万。一开始王恬不在府中，谢万枯坐等候。王恬下班回府后，谢万欠身而起，但王恬没搭理他，径自进内室，洗脸刷牙还洗头，折腾良久出来了，谢万还是欠身而起，但王太守仍视若无物，搬了把椅子到院子里晒头，"神气傲迈，了无相酬对意"。王恬一边晾着自己的头发，一边晾着屋里枯坐的谢万。最后谢万实在受不了，灰溜溜地回去了，见到哥哥谢安，气得大喊大叫的（简傲12）。

还有的呢，见是见到了，也开始交口交手了，但大佬们是不会轻易地做出鉴定的。要么像王恬、嵇康那样晾着你，让你难堪；要么像水镜先生那样云里雾里地不辨高下，不议短长，不论好歹，任谁都是好好，说得顺嘴习惯了连家乡人告以子死也称好，实在没啥有效信息。不论是冷落你，还是呵呵你，都说明要想获得这帮名士的青睐，实属不易，需要在拜访的方式、姿态上多下些功夫，这点很重要。比如我们前面讲的钟会，两次拜访嵇康都不得法，前一次有种偷偷往别人家里扔死老鼠的猥琐，后一次有种兴兵犯境、强索人家闺女的骄横。

但有时候，也不是小青年的态度不好，而是大名士自己要态度，耍架势，耍狂放不羁，嵇康锻铁就是如此。大名士都喜欢斗姿态，李膺不容易见到，非当世才俊高名者莫能登其堂；水镜先生倒是非常容易见到，原因是他家是开放式的庭院，而且这人喜欢到处溜达。比如庞统来拜访他，他正骑在路边树上鼓捣采桑；刘表的小儿子刘琮来见他，他正在菜园里摆弄几棵姿态妖娆的赖葱（言语9）。关键是你拜访时也不知道会在什么地方遇到他，一般都是那些根本不适合显摆你学问的地方，这时你得谈一些应景的话吧，比如他采桑时，你得谈谈桑树种植、养蚕心得之类的；他在菜园里种葱时，你得谈些菜园管理、蔬菜批发之类的信息吧，高端一点的得谈些农业互联网什么的。怕就怕他让你也上手栽葱，如果你把葱当地蛋一样摁进土里，这葱完蛋了，你也完蛋了。所以，拜访水镜先生，更难对付。这对于拜访者可是个很大的考验，挺让人发愁的，没点创意还真打动不了他。这个时候咋办呢，就得踢馆了。

比如前面谈到，十岁的孔融在李膺府上破了北斗七星阵赢得赞许之后，李前辈就邀请小孔融单独切磋，一老一小落座后，李膺柔声而问："融融啊，要吃点东西吗？"孔融应声而答："李老伯，我确实得吃点。"这下李膺感到抓住破绽了，果断出招："小孔啊，我得教给你点为客之礼了。主人问食，但让不须。”这还是充老大的口气啊，小孔挟破北斗七星阵之余威，微拂右掌，气脉柔中带刚，直指李膺腰眼：“李老前辈，所言差矣，我愿向您申明一下为主之礼。但置于食，不须问客。”您连一杯水都不上，一块糖都不给，就一光板桌子，这不分明是继续斗掌风、耍剑气的架势嘛。李老前辈闻言，立马收招回气，悠悠吐出一句：“吾将老死，不见卿富贵也。”语中深含由衷的欣喜和感伤。李膺这话可是对孔融寄予了无限厚望，意指这小孩是块大料，以后必是江湖盟主一级的人物，只可惜我老了，他还这么小，自己等不到那一天了（《太平御览》卷463引范晔《后汉书》）。这褒扬真是够大的！

上面所说的这些拜访，无论是求粉的，还是踢馆的，无论成功的，还是失败的，都搞得挺累的，要费心费力地策划如何让大名士们出口认可，攀附上人家的排行榜，以博高名。这种拜访的思路，完全把定价权交给了对方，看中的是结果，心头完全纠结着能否采到蘋花的缠缠绕绕，而忘记了享受欲采蘋花的“春风无限潇湘意”。在这一点上，王子猷的拜访就别有新意，风姿独标。

话说一大雪夜，王子猷从梦中醒来，夜中不能寐，起坐要喝酒，端杯在手，四望皎然，心事茫茫，随雪飘洒，忽然想到了嵊县大画家戴安道，于是起身登舟，顶风冒雪，这小船就乘着他的兴头跑了一夜，从绍兴到嵊县八十五里路（手机地图上查的数据），大清早来到了戴家门前，不进而返。家人大惑不解啊，王子猷解释："吾本乘兴而行，兴尽而返，何必见戴？"（任诞47）少废话，兴尽快回舟，还能补上一觉，麻利的，别破坏了俺这创意！

你看啊，别人策划的是如何对付大佬，得到他们的认可，得到一个好的鉴定书，在排行榜上有一个好位置。而王子猷则瞄准了拜访的过程，不需要对方的评价认可，不给被拜访者露脸的机会，但他的拜访行为本身却获得了千载好评，比当时任何一次都有名。我们试着捋一下他的思路，见或者不见，你都在那里，但我在哪里呢？我想要的是"我"的存在感啊；见到你了，画面就被两个人分了，那么，见你，而不见到你，这画面就我一个人的了。所以啊，功夫在诗外，学问在书外，拜访也在拜访之外，风物长宜放眼量，何不潇洒走一回。于是，在那片王弼终其一生都在玄思冥想的天人之际，在千山鸟飞绝的浩茫雪野上，就留下了一串悠扬的脚印，可王子猷那升腾的形象，却随着呼啸的北风，弥漫天地，直通云霄。

名士相见斗什么——斗嘴

君子无争，是一种高蹈的处世态度。但生年不满百，经常意不适，除了驱车登古原，起坐弹鸣琴，举杯邀明月，心气和性灵还是得抒发一下的，要不然这也不争那也不争的，生活也挺没趣的。但怎么个争法，还是有品格、境界之别的。十年磨一剑，今日把示君——如果你要走女寨主路线，人生处处是战场，眉间常锁杀伐之气，胸中深藏十万刀兵，天地间没个山明水秀，没个风轻气朗，这日子过得也太糟心了。是不是可以走文艺女青年路线，闲来倚斜桥，满楼红袖招，人生处处是秀场嘛。如此一来，“十年磨一剑，今日把示君”就不是找你打架的，而是给你看看的，向你展示一下，顺便还搭配着青梅煮酒论英雄，赏花赏月赏秋香。

所以说，君子无争，并不是说君子不斗（斗就是展示）。斗什么呢？俗话说君子动口不动手，那就“斗嘴”。

大家都知道“诸葛亮舌战群儒”吧，那可是一次著名的斗嘴。诸葛亮身负集团重托，以一嘴之力，羽扇纶巾，谈笑间，就把东吴国家斗嘴队给灭了。大家看似摇着扇子喝着茶，手拂轻烟，口吐莲花，实际上这莲花中可夹杂着机关暗器，而且风格极为跳跃，路数极为诡异，一旦你思路步调跟不上就乱套了，接不了招也接不上话。而让你乱套的常用手段就是揭短玩损。比如东吴国家斗嘴队的队长张昭首先开牙，那话说得也是文采浩荡，但直白的意思就是：你孔明原来在卧龙岗上整天吹，自己多么多么厉害，水镜先生那排行榜上也吹你有济世之才；反正俺们也没见到你干过啥事儿，就听说您有一首诗“大梦谁先觉，平生我自知”，知道您睡了早觉睡午觉的，好了，您后来不睡觉了，出山了，大家都瞪大了眼睛，仰日月之光辉啊，认为世界和平就靠您了，您躺着就能把天下给定了（“以为拯民于水火之中，措天下于衽席之上，在此时也”），可是，可是……刘备他在没聘您为高端人才之前，还能纵横寰宇，裂地自雄，咋么着您来了后，他业绩一路下滑，到现在竟然连自家那点菜园子都搞丢了——唉，黄瓜丝瓜什么的该都能吃了吧。

斗嘴队队长这么一开口，就把斗嘴阵法定了下来，于是前锋偏锋后卫的一哄而上。偏锋严畯果然剑走偏锋，不谈战降之争，而专攻个人学术成果：你孔明先生有何专著，发过多少权威期刊论文，主持过什么国家课题？而前锋陆绩就玩损了，调侃人家领导人：你家主公刘备每到关键时刻就叫喊着他爸是中山靖王之后，谁知道啊，我们东吴最厉害的“不服社”也没人肉出来，就知道他卖过草鞋草席，是不是身份造假呢，是不是他博士论文也存在造假呢？……看看这些招数多么跳跃。诸葛亮呢，你跳归你跳，什么损招来，我就一招，都能归结到一个意思上：俺们再怎么着，曹操来约架，俺们敢应战；可你们呢，曹操就在朋友圈上发了一约架信息，就把你们吓尿了，要纳头请降；你们吹着自己发了多少权威论文，搞了多少国家课题，各种的牛掰厉害，可是，你们敢约吗?!

虽然这是小说家言，但斗嘴也确实是当时外事活动的标配，大家都是身负集体利益、国家使命，奉旨斗嘴，为国斗嘴，于是乎，斗嘴者，就成了经国之大业，不朽之盛事。但斗嘴的套路并没有改变多少，还是揭短玩损。比如，蜀国张奉出使东吴，在孙权的招待会上就拿尚书阚泽的姓名开涮，阚泽无力回招。一般这种场合肯定要安排个把国家斗嘴队员，薛综就出场了（此人也参与过迎战诸葛亮的那次斗嘴），他就趁劝酒的时候拿蜀国的国号开涮：“蜀者何也？有犬为獨，无犬为蜀，横目苟身，虫入其腹。”（獨，是独的繁体字。苟，谐音“狗”）张奉就问：“那你们‘吴’有个啥说道呢?”薛综应声曰：“无口为天，有口为吴，君临万邦，天子之都。”（《三国志》卷53《薛综传》）好了，扳回一局，没有主场丢面子。

这些人都是扛着国家利益的大旗，理直气壮地骂人家祖宗，损人家领导人，这就好像《三侠五义》中的侠客们，揣着官府的腰牌行走江湖，心安理得地到处打架，动不动还摸裤腰亮牌子。虽然这种奉旨斗嘴逞了口舌之快，规格也挺高的，看似很爽，但实际上太伤神了，大家就怕有辱使命，损伤了国家格、领导格、祖宗格。所以，为大家能愉快地在一起聊天计，我们要反对“斗以载道”，主张独抒性灵。大斗伤神，小斗怡情。

比如，同样是拿父亲姓名开涮，“大斗”是严肃、认真、紧张，就差一个“活泼”，而这正是“小斗”追求的格调、情致。庾爰之欲拜访孙盛（字安国），路上遇到孙的小儿子孙放，就技痒开嘴：“孙安国何在？”古时礼仪，不称对方父辈名讳，这下子孙放就不客气了，应声回击：“在庾稺恭家。”（庾爰之的父亲名庾翼，字稺恭）庾爰之没占到啥便宜，就笑道：“诸孙大盛，有儿如此。”这里提到了孙放父亲的名讳“盛”字，孙放不乐意了，反击：“未若诸庾之翼翼。”二人话语都甚合当时情境，看似夸赞对方家丁兴旺、人才辈出，但都耍着小心眼——庾爰之提到了孙放父亲的名讳“盛”字一次，孙放则很机智地提到了庾父的名讳“翼”字两次，所以孙放很是得意（排调33）。

孙、庾二人相互以父名戏谑，只是为了试探对方的才智应对，并非恶意对人不敬。但如果社会风气不好，什么好东西也会被玩坏的，那些堕入恶俗的斗嘴就是“诋讦相戏，施诸祖宗，亵狎鄙言，出自床笫”（刘知幾《史通·杂述》。怎么个“出自床笫”法，大家别问我，我也不知道）。这也表明，那时的名士斗嘴调笑，确实喜欢问候人家父亲，是一时风气，但这与我们现在骂人多要问候人家母亲，格调是大不同的。为何这么说呢？

大概这就是斗嘴活动的预热暖场环节，大家互通姓名之后，顺嘴拿人家姓名开涮，就当是斗嘴开场阶段的准备运动了。比如荀鸣鹤（名隐）、陆士龙（名机）二人初不相识，恰巧都来拜会张华，张华就说你们俩过过招，来吧，开——始。陆士龙就来了招举火烧天，扬手上指："我是畅游云间的陆士龙。"荀鸣鹤应答："我是遨翔天下的荀鸣鹤。"一个说龙游云间，一个说鹤翔天下，皆自命不凡。二人这么互相一叫板，下面就正式出招了。陆就瞄准对方的自命仙鹤："快看，天上有只白色小野鸡，大家麻溜的张弓搭箭。"荀也不客气，亮招回击："大家不用急，不用慌，那就是一只山野的小病鹿嘛，不是什么云中的矫健飞龙，我这硬弓强弩的，分分钟放倒它。"（排调9）

当然，如果名士们只会拿姓名开涮这一个招数，那就看不出当时名士斗嘴艺能的学力深厚，心思敏捷，还有就是，闲得各种疼了——基本上是见面就要掐，逮着什么掐什么。

瞄准别人的各种缺陷开涮。邓艾口吃，交谈自称时本是"艾"如何如何就行了，但他老是刹不住，"艾艾……"的没完没了，晋文王司马昭就逗他："卿云艾艾，你名字到底是几个艾？"（言语17）

瞄准别人的形体相貌开涮。周颢这个人长得高大肥壮，而庾亮则是精干瘦弱。庾亮来访，两人一见面，周就惊呼："哎呀，几天不见，老兄你怎么突然养得这么肥，遇到啥高兴事了？”庾也就坡下驴：“你也是啊，几天不见，咋突然变得这么瘦呢，遇到啥烦心事了？”周应答：“吾无所忧，直是清虚日来，滓秽日去耳。”（言语 30）本是斗嘴，周一下子就升华到斗以载道，斗以寄意，自夸清心寡欲，抛弃世俗污秽，归于自然虚淡之境。

别人喜得贵子，也不放过斗一嘴。殷羡这个人有点嘚瑟，不着调，比如他做豫章太守，离任赴京，同事、朋友就托他顺便带些儿书信，大约一百封吧，这人出城就给扔河里了，还嘟囔着自己又不是快递小哥。晋元帝司马睿生了个儿子，遍赏群臣。殷羡谢赏时又禁不住不着调了：“皇子诞生，普天同庆。可臣也没出啥力啊，实在是有辱厚赏。”司马睿笑说：“这事儿可不能让你出力啊。”（排调 11）

这种格调的斗嘴，属于孔子所说的“群居终日，言不及义”，怡情是怡情了，但也就是路边摊，不是大席面，当不起“一代之斗嘴”的水平。真正能代表那个时代水平的，是那种专业级别的斗嘴，这就要“言必及义”——针对某一玄学义理，一方发难，一方解析，回环往复，既要看你发难的水平，又要看你解析的水平。举个通俗点的例子，有人问殷浩：“为什么想升官就梦到棺材，想发财就梦到狗屎呢？”殷曰：“官本是腐臭，所以想得到它就梦到棺材；财本是粪土，所以想得到它就梦到狗屎。”（文学 49）王弼在这方面更是高手，他去拜访何晏，当时还不到二十岁，恰逢人家有个斗嘴聚会，何晏就对王弼说，我们刚才正辨析一个义理，大家往来设难，辨析得已经很透彻了，你还能就此设难不？王弼还真能设出了难，可座中人无能答者。王弼于是很嘚瑟，你们发难我来答吧，你们问不出问题；我来发难你们答吧，你们又答不出来，那么我就自己设难自己回答吧。于是这人就自难自答地十余回合，皆是座中未谈及者（文学6）。像殷浩、王弼这样的就是当时斗嘴界的专业人士。

在那时节，名士们要雅集了，或有朋友来了要搞个聚会，可不是去KTV、讲段子、吸白粉、说领导坏话，也不只是喝酒、吟诗、弹琴，焚香、画大大小小的画、写大大小小的字，还要安排一项非常重要的活动，就是斗嘴。

殷浩要来京城，丞相王导也是斗嘴功夫高强的清谈名士，就发起一个斗嘴Party，当天晚上，桓温、王濛、王述、谢尚都来了。王导很高兴遇到一个旗鼓相当的高手，二人回环往复，彼此尽兴，三更方散（文学22）。之所以如此，那是因为殷浩是当时斗嘴界的天罡北斗级人物，其语调铿锵清扬，犹如天籁；气势如滔滔江水，绵绵不绝。王导因他来访而特地安排一次斗嘴聚会，这是对他斗嘴功力的尊重，也是一种迎战的姿态。但殷浩自己也会遇上挑战者。孙安国就主动上门踢馆，殷浩中午摆下宴席，闭门切磋。二人口喷唾沫，灿若星辰；手摇羽扇，挥斥方遒。一时间言辞相缠，羽扇相击，鹅毛鸟毛飘扬于空中，委顿于餐饭。高手对决，气场交接，自午至昏，未见胜负，席中饭菜冷而复暖者数四——家人是希望饭菜香味能破掉他们的斗嘴气场，惜未果（文学31）。

裴遐娶了王衍的四女儿，婚后三日，诸婿大会，王家、裴家的子弟们都出场来走红地毯。这本是大型的家庭聚会，但王家特地请来了郭子玄，为何？就是因为新女婿是个职业斗嘴师（注意，是“职业”的，不仅仅是“专业”的）。这个人要是拿玄学义理斗起嘴来，摧枯拉朽，锐不可当，而且语辞清扬，泠然若琴瑟之鸣，听的人不管懂不懂，都会被他的声音给迷惑了，无不叹服。当然，郭子玄也不负王家重托，大家刚走完红地毯，就主动找新女婿裴遐斗上了，而且出招刚猛，裴是新女婿上门，不好太张扬，便纡徐婉转，一一化解。四座看得正欢，二人也斗得正不可开交，这时岳父王衍发招化解了：“那个，大葱炒鸡蛋上来了啊。”一时间，大葱炒鸡蛋浓香弥漫，气场顿时大坏（文学19）。

因此，朋友来了，要攒聚会，要组饭局，关键的不是找能喝酒的人来坐陪，而是要找能斗嘴的人来坐陪。那时节，谁要是没有几个斗嘴界的大咖朋友，那太没面子了，都不敢发起聚会。如果自己身为名士而口无斗嘴之力，参加聚会雅集，自己没劲没趣，别人也看不起。比如，上面说到王导为殷浩来，攒了个斗嘴聚会，王濛、王述二人也是特别想搭个腔，插个嘴，可功夫档次实在太低，在旁边发功运气，咕噜了半天，刚想吐出来，就被人家强大的气场给憋回嘴里，继续在嘴里咕噜着，非常尴尬，第二天还被桓温嘲笑嘴巴肌肉抖动像个活母狗（文学22）。

再比如，卫玠去豫章拜见王敦。王敦知道卫玠这人是清谈名士，可自己清谈不上档次，所以晚上请客，特地叫来谢鲲坐陪。卫、谢二人都是专业斗嘴界的青年才俊，长得又很帅，谢鲲风流自得，卫玠有“璧人”之称，都属于才、色俱佳者。所以二人相见恨晚又甚欢，斗嘴达旦，置王敦于不顾。王敦呢，几次想搭个腔，插个嘴，未果，这就好像人家高手对决，他是想着冲上去搭把手，可被人家剑气所震，连剑都没拔出来，只好任凭两个客人把斗嘴的熊熊战火燃烧在自己家里，自己则安静地蜷在一旁，打着瞌睡流着热烈的哈喇子（文学20）。

由此看来，斗嘴能力对于一个名士还是相当重要的。一个名士，如果不会斗嘴，那就好比大鹏鸟折损了双翼，就好比夜明珠沉入了沙泥。正因为斗嘴能力如此重要，名士们都很看重对下一代斗嘴能力的培养。有斗嘴能力的名士是为了后继有人，自然想着斗嘴传家远，诗书继世长；无斗嘴能力的名士则是深恨自己的斗嘴无力，想着不能让下一代输在起跑线上，更要从娃娃抓起。但这往往会遭到妈妈们的反对。为什么呢？因为斗嘴太伤身体了。

你看上面所讲的，那些真正得到认可的斗嘴能力，都是艰苦锻炼来的；那种专业级别的斗嘴运动，都是非常辛苦的，真要斗起来是没有退路的，动辄通宵达旦、废寝忘食。本来呢，君子动口不动手，不动手是为了不费力气，没想到动口也不免劳神损形。那个卫玠的妈妈就深知此害，所以对卫玠从小就管得很严。要说卫玠，那真是个专业斗嘴师的好苗子，斗嘴修为非常高，修养也非常好，基础扎实，技能高强，做事认真，态度诚恳，当时有“卫君不言，言必入真”之论，而且小伙子长得漂亮，是个才色俱佳、德艺双馨的青年才俊。可惜自小身体羸弱，但又斗嘴上瘾，所以其母一直严禁他参加斗嘴聚会，一般不许他出门，在家里也按照戒毒的标准来操作，墙上拉起横幅：“珍惜生命，远离斗嘴。”但孩子大了，也不能老圈在家里，他妈妈知道他想去见王敦，就答应了，因为王敦斗嘴不行，可没想到王敦自己斗嘴能力不行，他找的朋友斗嘴能力行。就是那次通宵达旦的斗嘴，让卫玠身体大坏，于此病笃，最后死了（文学20）。当时有“卫玠谈死”之说，意思是卫玠死于斗嘴。唉……累死沙场君莫笑，古来约战几人还？

卫玠妈妈并不是一个人在战斗，谢朗妈妈也意识到了斗嘴对青少年身体的伤害，极力反对儿子参与此事。谢安这人喜欢也善于玄学义理的斗嘴，也非常注意对自家后辈的培养。一次支道林来，谢安安排了斗嘴聚会，就让侄子谢朗上场。当时谢朗才九岁，且有病刚好，但人小胆大，劲头很猛。要知道这种斗嘴是个十分烧脑的活动，运思精苦，几个回合下来，双方进入焦灼状态，谁先收招谁受伤。其母王夫人一直在隔壁观战，当然看到了前方战斗的激烈，恐生不测，几次派人传信谢安，想让孩子从战斗前线撤退。但谢安认为这到了关键时刻，也是锻炼孩子的好机会。可王夫人不管这些大道理，只是担心孩子的安危，万一像卫玠那熊孩子似的可咋办呢，于是不顾前方战火纷飞，勇闯斗嘴前线，把正在苦战的儿子救了下来（文学39）。

妈妈们的担心，除了斗嘴损伤身体之外，还容易得罪人，容易埋下仇恨的种子，如果那样，即使自己没累死，也会被人害死。因为这种斗嘴少不了玩损，这也是常规招数，但并不是每个人都读过《斗嘴的自我修养》，有健康的心态，有宽容的雅量，比如刘备。那时，刘备还在到处认汉室宗亲，去拜会益州牧刘璋，座中有张裕。张裕是当地望族，也是个名士。刘备当然不是啥名士了，但为了显示自己的亲和力和幽默感，就拿张裕胡须多开涮，说："昔吾居涿州，特多毛姓，东西南北皆诸毛也。涿州令就对我说'诸毛绕涿居'。"（意指猪毛绕嘴居。诸，谐音猪。涿，谐音啄，而啄意指嘴。）看到刘备这么调皮，张裕也就不客气了，马上拿刘备嘴上无毛回击："以前有个人做过潞州令，又调为涿州令，后来退居家乡，老部下写信问候，就不知称他为潞州君呢还是涿州君，干脆就称他为'潞涿君'吧。"（潞涿，谐音露啄，意指无须而露嘴。）这是嘲笑刘备这个人没有胡须。应该说张裕思维挺敏捷的，出招也很机智。本来就是一斗嘴，你拿人家胡须多开涮，人家顺势拿你无胡须开涮，就图一乐呵，此时两人应该互相佩服一下，再互相承让一下，但刘备这人属冰棍的，不禁涮，心里认为张裕出言不逊，自己领导人的形象和心灵都受到了深深的伤害。天长地久有时尽，此恨绵绵无绝期。后来刘备入主蜀地后，就借故把张裕杀了，连诸葛亮求情都不答应（《三国志》卷42《周群传》）。

《斗嘴的自我修养》指出斗嘴的基本原则就是：斗智不斗力，斗趣不斗气。但这在实际操作中是很难做到的。本想着君子动口不动手是为了省点力气，没想到斗嘴还能累死；本认为斗嘴顶多也就伤身伤心伤感情，没想到还伤了卿卿性命，招来杀身之祸。

看来，斗嘴有风险，开口需谨慎。

名士相见斗什么——斗富

这个世界上总有些人总是要拼些什么，有的拼内涵，有的拼外挂，有的拼身上的各种部件，有的拼身外的零零碎碎。

十年磨一剑，今日把示君。要展示的是内在的精神。

十万买一剑，今日把示君。要展示的是外在的财力。

面对这两把剑，欣赏者都很感叹，但感叹的着眼点不同，对于后者，财力可佩，着眼的是外物；对于前者，精神可嘉，着眼的是内涵。

举个例子吧，《世说新语》记述了荀勖“食辨劳薪”的故事（劳薪，指使用过的木材）。晋武帝司马炎招集一干人开了个座谈会，会后工作餐是盒饭——白米饭，炒竹笋。工作餐很简单，但这是皇帝招待的，规格高，大家还是要表现出健康向上的配合态度的，于是很有兴致地吧嗒着嘴，连说好吃好吃，并投入了深深的感情。就在大家深情地嚼着白米饭之时，荀勖这个人悠悠地吐出一句话：“那个，蒸这米饭用的木柴，不是新的木头，而是用过的旧木头。”（“此是劳薪炊也”）大家嘿嘿而笑，不以为然，老兄你玩得也太偏远了吧。但晋武帝还是私底下派人打听，到底是用啥木柴烧饭的，一问，果然是劈了一个破旧车轮子当的烧火木柴（那时候用的是木轮车。术解2)。这一下，大家都震惊了，什么感觉呢？晴天霹雳啊，顿时不作声了，默默地，闭嘴吃饭，只是没有了刚才那些深情的眼神了。

大家心情那个黯淡啊。我连五常大米、建湖大米都分不清，就能吃出米饭是烧糊了或者夹生了，可是荀勖这个人，竟然能吃出这米饭是虎牌电饭煲蒸出来的还是象印电饭煲蒸出来的。不就是一碗白米饭吗，大家不是都在很物质地吃着吗？你却要吃出精神层面的东西来，需要玩出这花花样吗？生活多艰难啊，又是路漫漫，又是上下求索的，就不能轻松点吗?！本来……刚才……唉，想想真让人心碎！

荀勖吃碗米饭都能吃得这么高深，吃出这些玄妙，这“食辨劳薪”的功力修为，让人心碎。但是斗富的效果可不是这样的。斗富的最初级手段就是让人物碎。王恺和石崇是当时巨富，二人虽然也是混名士圈的，但都要做名士圈里最富有的那个，于是就展开了无理无节无序的各种斗（汰侈4、5、8）。话说王恺从晋武帝那里得到一株珊瑚树，高二尺许，“枝柯扶疏，世罕其比”。为何晋武帝要给王恺这东西呢？一者王恺是晋武帝的舅舅，人家有亲戚关系；二者晋武帝是想让王恺以此去与石崇斗富，因为石崇这个家伙不知好歹，竟然与晋武帝斗过富，让老大脸上难堪，心灵受伤。那时外国进贡来火浣布（石棉布的古称，因不怕火烧而可在火中去除污渍，故有此名），晋武帝认为本土无此稀罕物，就穿着火浣布衫乐呵呵地来到石崇家。石崇当然得列队迎驾，但这迎驾的侍女奴仆五十余人皆穿着火浣布衫，晋武帝大窘，深以为恨（《太平御览》卷493引《晋书》）。看来，这斗富已呈无序化，扩大到了权力顶层，本来是两个人的斗富，现在已转为集团斗杀了。王恺有了皇帝外甥的支持，就踌躇满志地带着这个珊瑚树来找石崇了，把它往石崇家厅堂上一摆，然后投去了期待的目光，期待啥？就是想看到石崇脸上的惊讶、惊叹表情。石崇呢，眼睛一瞥，"以铁如意击之，应手而碎"。这下子王恺惊讶了，着急了，声色俱厉地大骂："狗东西，你没有就没有罢了，也不能把它给敲了啊，这是皇帝给我的，老稀罕了！"石崇面露不屑，幽幽而言："你这家伙急什么，就这破玩意也值得你急成这熊样儿。不足恨，今还卿。"即命家人把内室的珊瑚树全搬出来，"条干绝世，光彩溢目"，光三四尺的就有六七株，要比王恺带来的大好多。"王兄，随便挑一个吧。"王恺怎么办呢？刚才还气吞万里如虎，现在就像豆腐和猪血，豪气全消，哑然委顿，惘然自失，黯然离去（汰侈8）。

其实，这种你有我也有的斗富手段，实在是档次太低了，有些傻大粗黑，思路太简单了，创意不够，意蕴太薄，回味太少。若论高端点的思路，约有二端：一是要把别人认为有价值的东西摧毁得让他心惊肉跳，二是把别人认为无价值的东西捯饬得让他头晕目眩。手段虽异，效果一也，就是让他心肝疼，人崩溃。

先看前一种情况。王济这个人，与王恺、石崇都是因参与了晋武帝的平吴之役，劫掠以致巨富。这班人生活豪奢，相互夸尚，不遵法度，而又自视风姿英爽，气盖一时。且说王恺有牛一头，名“八百里駮”（駮，音“驳”），可日行八百里，故有此名。这牛可是王恺的心爱之物，牛蹄上镶钻石镶水晶，牛角上画着左青龙、右白虎，牛屁股上还喷上大大的Discovery Channel。这王济就惦记上这牛了，要与王恺对赌——若我射箭不中，给你钱千万；若我射中了，牛归我。王恺自恃箭术高超，与王济比试从无败绩，而且就算万一失利，那可是我的宝贝宠物牛啊，谅他王济不至于杀了吧，就爽快答应，还高姿态地让王济先来。谁想到这王济是有备而来的，起身便射，一箭中的。王恺傻眼了，还没缓过神来呢，王济就跳上胡床，叱令左右速取牛心来，这左右也是高手，以迅雷不及掩耳之势，须臾烤牛心上盘，王济“一脔便去”，飘然而逝（汰侈6）。最可恨的是，王济还故意留下一块。对着这半拉烤牛心，王恺欲哭无泪啊——想说忘记牛儿你啊也不是很容易的事，我只有矗立在风中，想你……唉，王济已乘黄鹤去，此地空余烤牛心。爱牛一去不复返，白云千载空悠悠。

就在很多人的斗富思路瞄准着奢侈品、宠物、服装这些大家认为有价值的东西时，石崇却别开生面，独辟蹊径，把斗富的思路延伸、深化到了厕所这个地方。石崇按七星级标准在家里修建、布置了一间豪华大厕所，里面准备了给客人洗手洗脸的各种设备、抹手抹脸的各种香膏，还有各种顶级香水，什么ManKiller Ⅰ、SuperKiller Ⅱ、KnockDown Ⅲ，最过分的是还有十多个漂亮侍女恭立侍候，皆华服藻饰，艳丽夺目，列队侍候着客人上厕所。刘寔这人出身寒门，后来官当大了，也没放松对自己的严格要求，仍保持着劳动人民勤俭朴素的美德。有一次他去拜访石崇，客主欢宴，一番水陆轰炸，尿意盎然，微醺起身，寻寻觅觅，就来到了这个厕所，醉眼朦胧中，但见绛纱袅袅，香雾缭绕，门口站着两排美女——

一个个娥眉横翠，粉面生春。妖娆倾国色，窈窕动人心。花钿显现多娇态，绣带飘飖迥绝尘。半含笑处樱桃绽，缓步行时兰麝喷。满头珠翠，颤巍巍无数宝钗簪；遍体幽香，娇滴滴有花金缕钿。真个是，九天仙女从天降，月里嫦娥出广寒。（此段来自《西游记》第23回，有改动。）

刘寔正在犹豫彷徨之际，侍女们齐声高喊："欢迎光临，大人里面请！"吓得他连忙退出来。虽然经确认这里就是他要去的地方，但还是害羞不敢进去——憋死事小，失节事大啊。最后刘寔坚决地走开了，带着沉重的尿意（汰侈2刘孝标注）。

但是，更多的名士达人并没有刘寔那么坚定的革命意志，面对那一溜漂亮姑娘的一再欢迎，几乎是不情愿地走进了这个豪华大厕所。当然，这些人也不一定能强忍淡定地完成尿尿，然后安稳地提好裤子走出来。为什么呢？因为在这个厕所尿尿还有个规矩，就是客人上过了厕所，这些侍女们要客人把身上原来穿的衣服脱下，侍候他们换上新衣才让他们出去。有这么多美女当前，又要尿尿，又要脱衣，客人们大多害羞不好意思，进去后又夺路而逃了。要说石崇的这个厕所啊，可真是富贵逼人！逼得你不敢尿，尿不出，不但要憋坏你的膀胱，还要憋伤你的心灵。这就是石崇所希望的效果，他就是要看到别人的窘态，在这个象征着泼天富贵的厕所面前惊讶、慌张、服软、叹息。

大家可以看到，这些斗富的手段都趁着一种骄横，透着一股狠劲。就是要摧毁、撕碎你的尊严，让你低头服软。你要是配合点呢，那就满足了他的愿望，成就了他的豪气，下次还带你玩；要是不配合，那就是故意作对了，就得想办法继续拾掇你。王敦就是那种不配合的人。比如豪华厕所当前，王敦就没有被吓倒，而是勇往直前，大摇大摆地进去尿尿，气定神闲地尿完了尿，又在一帮美女的侍候下，脱故衣，换新衣，洗脸洗手洒香水，旁若无人，举止坦然，神色傲然，最后香喷喷地走了出来（汰侈2）。对于王敦表现出的这股狠劲，石崇心里非常气恼——我就靠着这厕所，引无数英雄竞憋尿，怎么单单这家伙能在丛中笑？看来还得玩点更狠的，非得让他服软不可。内事不决问二丫，外事不决问度娘，内外双修，最后盘算出一招。

石崇组一饭局，邀请了王导（丞相）、王敦（大将军）一干人来喝酒，设一规矩："令美人行酒。客饮酒不尽者，使黄门交斩美人。"王导这人素不善饮，但这杯酒可关联着一个姑娘的性命，每次美人行酒，他都勉力而为，三轮下来，至于沉醉。但王敦就不这样，他本来非常能喝，但每一轮美人行酒到他，就是故意不喝，害得三位姑娘被斩，他仍坦然自若，颜色如故。那一旁喝得迷糊的王导实在看不下去了，就嘟囔了，不就一杯酒嘛，喝了你能死啊。王敦言："你睡你的，他杀自家人，干卿何事?!"（汰侈1）这就是因斗富转化而来的斗狠了。我们知道王敦这人的斗嘴能力很赖（详见《名士相见斗什么——斗嘴》），但斗狠却是绝对的一流高手，有着土匪式的硬与横。看来，王敦是决意奉陪到底了，绝无服软之意。一时间，酒席上两人各运内功，狠气蒸腾，浓度不断增加，密度节节攀升，这可是石崇最不愿意看到的结果。

王敦这样的硬茬，这么与石崇斗狠、斗气，总归还是在斗富的层面。只要在这个斗富范畴内的招式——你有我也有，你有我不屑，你没有我要有，石崇都是不怕的，出招、拆招的手段都很刚猛，能毁物，敢杀人。但如果遇到了你有我就占有的思路，这就不是斗富了，而是劫富了，那可是要拼命的。

石崇能致巨富，靠的是政治上的势力，他在荆州刺史任上，就暗中大肆劫掠过往客商（《晋书》卷33《石崇传》）；同样，他能维护住巨富，也靠的是政治上的势力，比如他巴结权臣贾谧，与之通好，但贾谧在赵王司马伦发动的政变中被杀，石崇也就失势了，他的巨量财富、成群姬妾就开始被恶意惦记上了。司马伦的党羽孙秀就向他直接索要爱妾绿珠。石崇断然拒绝：这个不给，其他任选。而孙秀就和他杠上了：就要这个，其他不选。这种斗气已超出了斗富的范畴，石崇再不能像与王敦那样对赌对杀地斗气斗狠，而应量自家之物力，结孙秀之欢心。但石崇还是囿于斗富层面的思维，认为可以恃以自守，用以避祸，没想到孙秀所谋者大，直接诬他为乱党，夷灭三族，抄没的全部家财又能落到谁手呢？这就不是斗富了，而是劫富了，石崇自己也是靠这个发家的，他也不应有恨吧。

名士相见斗什么——斗姿态

王徽之（字子猷）、王献之（字子敬）是兄弟。王子猷因为一次说走就走的“乘兴而行，兴尽而返”（任诞47），为中国文化贡献了一个成语、一种精神，风姿高标。但也正是这种说走就走的率性，使得他在一次偶然的较量中落了下风，逊于其弟王献之。

话说兄弟俩室内闲聊，空气很好桂花很香白云很白，突然房顶火发，情况危急，恐怖莫辨，王子猷说跑就跑，而且跑相很难看，跑得很不帅，鞋子都没来得及穿。而王献之呢，当此慌乱之际，很从容，很淡定——“神色恬然，徐唤左右，扶凭而出，不异平常”，还对光着脚、喘着气的王子猷说：“这里不安静，咱们换个地方聊。”（雅量36）对于名士作派来说，这个淡定非常重要。王献之在火情突发的非常时刻仍能如此淡定，看来他的淡定真可称得上是本色的了。应该说王子猷也是本色表现，心动腿动，这虽可以说是不拘小节的“放”，却难以够得上泰然自若的“达”。而他慌乱奔跑的姿态，使得在他身后姗姗走来的王子敬，更显出优雅本色。当然，王献之面对火情，心动但腿没动，非常不科学，不合常理，但他这么做，盘算的就是一种彰显性情意趣的姿态——猝然临之而不惊的淡定、优雅。

这种斗姿态的思路，就是面对同一个非常情境，别人紧张、慌乱、尴尬、难受，而你没有，那你就赢了。

还有一种斗姿态的思路，就是你的姿态能让别人不舒服——紧张、慌乱、难受。当你不拘时俗、矫激超迈的姿态让别人紧张了、不爽不舒服了，而你却能够气定神闲、悠然泰然，如此，你的作为即使有些鄙俗无聊，你的姿态也会高远澄澈起来。但无论怎样地斗姿态，最基本的原则就是要从容淡定，旁若无人，于无声处，于不经意间。

顾和曾在王导（时任扬州刺史）手下任从事一职，依例月初要来进见领导。顾和来是来了，但未进府门，而是停车府门外，解衣捉虱子，而且还投入了深深的感情。恰巧大名士周顗来拜见王导，行经顾和车旁，四目交接，顿时为之屏心吸气；而顾和呢，夷然不动，搏虱如故，目不见乱形，耳不闻杂声，气运丹田，悠然舒腕，轻拢慢捻抹复挑，大虱小虱落指间，回气收指之际，顺便掸掉了肩头的一片落叶，神情从容悠闲。周顗被这飘渺的姿态深深地震撼了，以至于傻傻地走过去了还心中很凌乱，然后又傻傻地禁不住返回来，指着顾和的心口问："此中何所有？"顾和悠悠应答："此中最是难测地。你猜！"然后振衣而起，绝尘远去，留下周顗在秋风中继续凌乱着（雅量22）。

当众脱衣觅虱，其行浊俗，但顾和竟能于此气定神闲，尤其当周颤为此迷惑纠结之时，这个从容淡定的姿态更是瞬间澄澈起来。而周颤落于下风的原因，就是在顾和的这个姿态面前表现出了不舒服、不淡定；如果他能像桓温那样，面对“扪虱而谈”的王猛泰然处之（《晋书·王猛传》：“桓温入关，猛被褐而诣之，一面谈当世之事，扪虱而言，旁若无人。”），那就是名士风流的高远境界了。当然，也不是说周颤就不能开口发问，他开口也可以，但不要纠缠萦绕于顾和搏虱这个姿态，而是谈谈无边风月、有限人生，那就意境飘渺了；当然，最好是不开口，不发问，带着欣赏的眼光来观看着这姿态的展示，此处无声胜有声。

斗姿态肯定是要讲究创意的，创意就是力量。顾和的搏虱姿态崩溃了一个人，郝隆的晒书姿态崩溃了一群人。

郝隆家境贫寒，但狂傲放达，自诩满腹诗书。那时的农历七月七日，有晒书、晒衣的习俗，这也是豪门大户夸耀财富的机会。面对富贵人家一堆堆光彩夺目的绫罗绸缎，层层叠叠的书册典籍，身处河南的阮咸（竹林七贤之一，这个朋友圈的核心成员还有阮籍、嵇康），用竹竿挑起了自己的一个大裤衩，高高树起在自家的庭院中，迎风招展，气冲云霄（任诞10）；而就是同一天，山西的郝隆呢，也没有气得跳脚发狠，烧香求雨，而是搬出一张竹榻放在院中，烈日当头，仰卧榻上，袒腹曝晒，人问其故，答曰：“我晒书。”并用竹竿挑出一副对联，上书：“门对千堆草；身藏万卷书。”以之与阮咸庭院中挑起的大裤衩遥相辉映。诸富见之，深以为恨，我们这些都是宝，在他眼里成了草。但又不想与郝隆斗嘴，又不能把这对联扯了，本着改变不了世界就改变自己的原则，各家就把自家晒的衣服书籍收回，从而使得郝隆这对联不应景不合理。没想到郝隆并未把对联撤掉，而是变本加厉："门对千堆草少无；身藏万卷书长有。"面对着诸富一家家的收摊，这对联更加得意地迎风招展着（排调31。此处有发挥）。

顾和、郝隆的这些斗姿态之法，动不动就要脱衣服，这对于那些在意体形之人、讲究服饰之人并不适用。再说了，大家都是受过高等教育的，露这露那的，多不好，还是装饰一下为好。但斗姿态的装饰工程的构思可不能太糙，也不是那么简单的。

我们知道管宁割席的故事吧，就是管宁因为鄙视华歆的为人，志不同，道不合，故割席以示绝交（德行11）；后来管宁又与曹魏政权割席，隐逸避世，清高恬淡，始终不应征召，志不仕魏（《三国志·魏志·管宁传》）。不过，这次管宁要割的席子有点大，从水平层面割的话就没他的位置了，也就没法在这个世上呆了，于是管宁就从垂直层面割席，躲进小楼成一统："管宁避居辽东，常带白帽，坐卧一楼，足不履地，终身不肯仕魏"（《三国演义》第66回）。

管宁是坐卧一楼，足不履魏地。后来这个"魏地"变成了"晋地"，有一个叫范粲的人就躲进小车成一统——坐卧一车，足不履晋地，以示对司马氏篡权曹魏的抗议（并非司马氏当时就废魏立晋，但曹魏政权确已完全被司马家族把持）。且说公元254年，魏主曹芳被司马师废黜，赶出皇宫，迁到金墉城，范粲“素服拜送，哀恸左右”。他痛恨司马氏家族目无王法，把持曹魏政权，回家后就称病不上班了，因为范粲位高有声望，司马氏也拿他无可奈何（“以其时望，优容之”），但还是不断地催促他上班，范粲干脆装疯不说话了，“寝所乘车，足不履地”——躲进小车成一统。而且这不说话不下车的高冷姿态一做就是三十六年，史书说他“太康六年（285）卒，时年八十四，不言三十六载，终于所寝之车”（《晋书》卷94《隐逸传》）。当然，范粲不说话不下车并不是啥事也不管，比如三个儿子的婚宦大事他就很上心，遇到这些大事，妻子、儿子就到他用以载道言志的车子前请示。范粲虽不答腔，但有一套肢体表情语言——同意则脸色不变，不同意则扭来扭去，就这样他安稳地决策着家族里一切方向性、原则性的重大事务。这一点就像意大利小说家卡尔维诺《树上的男爵》中那个主人公柯希莫，虽然寓居树上不下地五十余载，但大事不耽搁，做出了许多具有理想主义色彩的事儿，比如在树顶上出席了姐姐的婚礼，与邻家姑娘谈了一场轰轰烈烈的恋爱，指挥了一次抗击警察征收什一税的暴动，接见了慕名前来拜访的拿破仑皇帝，还撰写了穿插着惊险、决斗、色情故事的《一个建立在树上的国家的宪法草案》……他以不下地的姿态表现着对尘世更热情、更执着的关怀。

无论是顾和的脱衣搏虱，阮咸的大裤衩高张，还是管宁的戴白帽不下楼，范粲的不说话不下车，都是因为胸中郁积着愤懑，心中憋屈着怨气。但他们没有简单地斗气，情动于中而行于外，去搞破坏做一些反社会反人类的事儿，而是把这气升华为一种有格调、有意趣的姿态。

当然了，无论是脱衣服、晒肚皮，还是不下楼、不下车，都挺折腾自己的，把自己整得挺辛苦的，能不能轻松点而又能显姿显态呢？我在前面讲过，斗姿态是讲究创意的，基本的原则是无声胜有声，甚至有时不但要无声，还要无形，就是自己不出面，还能让人感觉到英姿逼人。

郑玄家聘用丫环、仆人有一条规矩：不但要完成本职工作，还需要读书背诗（文学3）。有一个丫环可能觉醒了，就有了怀疑精神，认为我来这里只要搞好卫生洗好衣服什么的就行了，为何还要天天背诵四书五经这些劳什子？于是就懈怠，于是就被郑玄斥责。丫环刚想表达一下自己的怀疑精神，就被郑玄罚站，杵在泥地里。一会儿，另一个丫环看到了，就问她："胡为乎泥中？"（《诗经·邶风·式微》）答曰："薄言往愬，逢彼之怒。"（我本想诉下苦，却碰上他在发怒。《诗经·邶风·柏舟》。）

这个小丫环想不通的是，你郑老爷天天读书自虐就算了，还要虐人干吗呢？其实小姑娘没想到郑老爷下的这盘棋很大——他就是为了在斗姿态上不用自虐，才这么地虐人的。当我们看到这些小丫环都能熟练地运用《诗经》聊天，还运用得这么自然、贴切时，震惊之意、景仰之情难免油然而生，小丫环尚且风雅高致如此，何况主人乎？于是，主人郑老爷的风雅高标姿态不就一下子升腾起来了嘛。这种斗姿态的方式可真是省了不少力气。当然，人家郑玄在这方面还是能力超群的，只不过就是想省点力气而已，而晚清的龚自珍确实是自己不行，而故作姿态了。龚自珍所处的那个时代，科举取士“文必八股，书必馆阁”，特别看重“馆阁体”书法，翰林学士皆是个中高手，而这恰是龚自珍的弱项，虽然他三十八岁时考到第六次才中了个进士，但还是因为书写不好扣了分，未列优等，落选翰林院。老龚很生气，于是他让自家的女儿媳妇小妾丫环全部学习馆阁体，一时间家中高手云集。如此一来，再有翰林学士来访，再有谁吹嘘“馆阁体”如何高妙，老龚虽然达不到之但可以鄙视之不屑之：“今日之翰林，犹足道邪？吾家妇人，无一不可入翰林者。”（柴萼《梵天庐丛录》卷11）老龚如此的斗姿态，是不是与郑玄有一种远接千年的精神重逢呢？

所以说，斗姿态是个系统工程，需要由自身拓展延伸到各个方面，既重内在又重外在，既拼核心技术又拼外挂设备，创意无限，姿态纷呈。但无论多么的系统，多么的复杂，既然说是斗姿态，那最基本的一点就是自己要拿捏得好这个姿态，分得清姿态与志业的区别。像范粲那样把姿态慢慢做成了志业，太沉重、太坚韧了，已经达到了一个难以企及的高度，虽然令人非常景仰佩服，但一般人还是不想斗姿态斗得这么拼命的。拼创意可以，但不想拼性命，最好能轻盈一点。

许珣（字玄度）是东晋隐士的代表人物，人家隐得很潇洒，隐之前就有丰厚的家产，全捐给寺庙了；隐之后，也不用像陶渊明那样自己种菜种粮食过得苦哈哈的，而是经常有各地的官员赠送日用物品（“许玄度隐在永兴南幽穴中，每致四方诸侯之遗”），还有谢安、王羲之这些名士高官时不时地来煲心灵鸡汤。有人就讽刺他：“你嘴上喊着性本爱丘山，但又眼盯着庙堂上那些带血带油的贡品祭品。我听说箕山隐居的许由可不像你这样的。”意指真正的隐士不是这么做的。许珣对这指责很不屑：“我不就收了些农产品、土特产吗，又不是像许由那样需要接受天下之位。”（栖逸13）指责者认为隐就要有隐的态度、隐的规矩，在他们看来，隐是一种行为、一种志业，隐了就安心享受隐的生活，别整天惦记着江湖，断不了网。而许珣呢，隐了还要享受显的生活，这就把隐当成一种姿态了——他不是需要隐的沉甸甸的“实”，而是需要隐的空灵跳脱的“虚”，把隐当成自己精神上的一种轻盈的修饰。唯其如此，隐逸才能成为魏晋时期大多数名士们用以自我修饰、乐在其中的时尚把玩品。

名士相见斗什么——斗演技

人生如戏，全靠演技。话虽这么说，可要分清人生与演戏，还是得费点心思的。这个世上有各种表演类别，什么舞台表演、游戏表演、仪式表演、社会表演，而后世的各种表演理论、各种表演流派，都在忙活着对各种表演技巧进行总结，这其中就纠结着想看懂、看清表演的渴望和激动，以及害怕看不懂、看不清表演的焦躁与惶惑。但具体场境的表演是灵动的、飘忽的，各种的铺垫、配合、互动、错位、抽离，各种的借戏、搭戏、配戏、抢戏、跳戏，会让临场者和旁观者头晕目眩，疲惫恍惚，不断地折磨着你那颗看戏的心。你认为人家走神了，可能是你没跟上。你气恼人家不按剧本来，可能是你观念没提升。你因看清人家曲折套路而无限豪迈，其实这是人家挖的坑，你正在豪迈地踏进去。你因鄙视人家演技粗劣而愤怒，其实这是人家的高妙处，你的怒火正助推人家抵达目标。

司马昭之心，路人皆知。既然是“路人皆知”，那么他会不会就是故意让路人皆知呢？就像赵高的指鹿为马一样，那是对目标人群进行分类、分流、分化的一种方式。阮籍当然是知道怎么回事的，可是他装作不知，识破不说破，这就是他“口不臧否人物”之处。实际上，阮籍作为当时的青年领袖，本来崇尚狂放不羁、高迈旷达，喜欢高谈阔论、不拘礼俗，但他也知道评论时事，臧否人物，最易招致祸端。比如嵇康能憋得住尿但就是憋不住话，辣口评说路人皆知的“司马昭之心”，最后被随便找了个理由杀掉了（雅量2）；那个二十岁的魏帝曹髦心里实在憋得难受，就振臂一呼，喊出了“司马昭之心，路人皆知”，可应者寥寥，立即就被司马昭部下灭掉了……阮籍就更不敢乱说乱动了，“终身履薄冰，谁知我心焦”（《咏怀诗》第33首），他开始重新塑造形象，毅然断舍离，人生做减法，最后能作为青年领袖标志的，就剩下沉酣喝酒、荒废工作了，一副颓废中年大叔的形象；至于那些激扬时事的功夫，主动废掉，任凭世事纷纭，我自死憋不说。阮籍嘴巴紧是有名的，紧到遇事啥也不说。

兖州刺史王昶来府上拜访，一申仰慕之诚，没话找话地聊到国计民生、娱乐八卦，但阮籍啥话也不接，枯坐终日，不交一言，硬生生地把王昶一颗热烈的向往之心逼退（德行15）。王昶慕名来访，虽终日不得与言，但仍善意地认为自己未达到阮籍的要求，十分惭愧，感慨阮籍姿态超迈，高深莫测，“汪汪如万顷之陂。澄之不清，扰之不浊，其器深广难测量也”（郭泰评黄叔度语，德行3）。

更厉害的一次旷日持久的死憋不说则长达六十天。话说司马昭有意为儿子司马炎向阮籍请婚，以示结好，可是司马家族处于政治斗争的核心位置，阮籍不想得福，也不想招祸，只想疏离于政治漩涡，自全于祸福之间。但是对于司马昭的联姻想法，阮籍又不便直接拒绝，于是他继续发挥自己的闭嘴功，考虑到此次任务的艰巨，他特意借助了酒力，日日醉酒，以醉盖脸，一醉俩月，连用了六十个“终日不得与言”，含蓄委婉地使司马昭领会了自己的拒婚想法，司马昭遂“不得言而止”（《晋书》卷49《阮籍传》）。

再说钟会这个家伙，擅长与人套近乎，然后套人家话，就是有意识地交流一些时局时势，引蛇出洞，从中抽离出一些小情绪小把柄，打磨成尖利的石块，藏之于室，待时而用。嵇康的罪行材料就是他一手打磨、整理的，最终，嵇康的问题被他说得很严重：“今皇道开明，四海风靡，边鄙无诡随之民，街巷无异口之议。而康上不臣天子，下不事王侯，轻时傲世，不为物用，无益于今，有败于俗。……今不诛康，无以清洁王道。”（雅量2刘孝标注）意思就是说，现在王道清明，大家都在意气风发、斗志昂扬地为建设理想社会而奔忙着，奈何嵇康此人，不积极参与也就罢了，还持“异口之议”，妖言惑众，扰乱人心，打击大家的积极性，无益于今，有败于俗，若不及时清理掉，必会阻塞王道浩荡前奔的通畅性。钟会是专为司马氏家族做情报服务工作的，属于评估目标人物思想动态的专业技术人员，业务精熟，成绩突出，然而他在评估阮籍的思想动态时却遇到了麻烦，因为阮籍的反评估能力非常强，不但喝得酩酊大醉，而且回答测试题非常散乱飘忽，实在提炼不出啥有效信息。

当然，司马昭要是与阮籍交流什么工作问题、时局动态，他是不可能“终日不得与言”的，可是他的语言极为飘忽，主题相当渺茫，语意如雾中游丝，梦中游魂，云霞明灭或可睹，烟涛微茫信难求。对此，司马昭却大为欣赏，比如在一次小型工作会议上，他就对阮籍极力称赞：“天下之至慎者，其唯阮嗣宗乎？每与之言，言及玄远，而未尝评论时事，臧否人物，可谓至慎乎！”而且，为了表彰阮籍“至慎”的工作态度，司马昭每年都把他定为先进工作者，在单位的工作会议上反复予以表扬（德行15刘孝标注）。

大家都说司马昭对阮籍真是赞赏有加，遇事总是回护他，照顾他（任诞2、5，简傲1），真可称为阮籍的知己。其实呢，司马昭是看中了阮籍刻意自塑的形象——言不评时事，口不论人过，无心于世务，无志于天下。这正符合了司马昭想要借势搭戏的需求，于是他在阮籍“自塑”的基础上，又进一步对其予以“他塑”——公开表扬他的“至慎”，把他树为先进工作者，这用意很明显，就是号召大家向阮籍学习，做一个德艺双馨的观众，看破不说破，同时也警告大家说话都要搂着点，别总憋不住想着“剧透”。

应该说，司马昭这一借势搭戏的思路深得其父司马懿真传。想当年，司马懿与诸葛亮对阵渭南，亮据五丈原，懿据祁山。但司马懿甚畏诸葛亮，自审战则必败，故登山掘营，深沟高垒，坚守不出，虽蜀军多次挑战，部下屡次请战，皆不允。部将贾栩、魏平因此不胜忿愤，向司马懿抱怨：“公畏蜀如虎，奈天下笑何！”魏营中群情激愤，怨谤纷然。而诸葛亮甚至遣使送来女性服饰，以示羞辱，激他出战，司马懿亦默然无应，受之不战。于是，每天，蜀军兀自骂阵，魏营兀自不应。但司马懿也并没有闲着，而是忙活着上表请战：“臣才薄任重，伏蒙明旨，令臣坚守不战，以待蜀人之自敝。奈今诸葛亮遗臣以巾帼，待臣如妇人，耻辱至甚。臣谨先达圣聪：旦夕将效死一战，以报朝廷之恩，以雪三军之耻，臣不胜激切之至！”（此请战表据《三国演义》第103回）魏明帝曹睿一开始看不懂啊，将在外，君命有所不受，能战则战，干吗千里请战呢？还说是我命他坚守不战的？但司马懿请战表迭至，逼得曹睿读了好几遍，恍然大悟，马上招来辛毗，说司马懿这个人累表请战，这不合朕的总体战略布署，今派你为军司马，临营监督，持节以制之，令他坚守勿战。

司马懿一看辛毗仗节而到，心中大喜，因为此人为骨鲠之臣，贯彻力狠，执行力强，正是他需要搭戏的理想人选。……第二天，当蜀军小兵懒洋洋地例行骂阵，魏营小校疲沓沓地例行报告之时，司马懿正在帅帐内向众将介绍新任军司马辛毗辛大人，不料，司马懿闻听蜀军骂阵，勃然大怒，拍案而起。这一拍，舞台瞬间被照亮了，众人的角色意识也猛然间被唤醒了——贾栩、魏平握着先锋令箭、憋着狠劲地就往帅帐外闯，肝胆欲裂；辛大人赶忙放下茶杯，迅速站位，仗节中门而立，血脉偾张；而司马懿呢，罩袍束带，激扬挥斥，意欲阵前督战，声色俱厉。辛大人看此情状，横着黄钺，扯着脖子，朗声高叫："圣上命令，坚守勿战。有敢言出战者，即以违旨论。你们要抗旨吗？"司马懿斜眼一扫，众人站位准确，情绪饱满，动作有张力，冲突有黏力，角色关系相互烘托、相互激发，舞台配合承上启下、左右照应，目标已达到，效果很理想，就脸上适时地露出无奈的表情，肢体夸张地做出失望的动作，传令将士谨遵圣谕。经此一番鼓噪，将士们斗志昂扬，勇锐之情溢于言表，怨谤之情顿时平息，纷纷对司马大人的忍辱负重、忍气吞声表示了深深的同情，对司马大人不畏强敌的斗争精神、运筹帏幄的领导能力表达了由衷的赞许（方正5）。

在这里，司马懿不但懂得借势搭戏，还具有调配角色意识的能力。不过得强调一下，人家辛毗拼的是工作责任心，不像司马懿拼的是演技。当然，司马懿的演技再高超，也需要一个合适的搭戏人选作为启动，这就好像一个药引子，能把一付药的味道和效力全部引动、调和出来。所以，辛毗辛大人这样一个合适的搭戏人选，对于司马懿是至关重要的，他能让司马懿借势搭戏、调动众人角色意识的功夫在合适的时机瞬间发挥出来。否则，舞台氛围永远营造不出，借势搭戏的时机也永远拿捏不到。只是这临场的时机和力道，不但要具有瞬间把握机会的能力，还需要日常钻研演员修养，学习表演理论，熟悉表演流派，有意无意地加强与目标人物的默契度训练，日积月累地进行多层次多类群的演员库建设，否则表演技巧、配戏人员都会感到用时方恨少的。

王敦这个人就只知道好勇斗狠，平时不注重对表演理论的学习，经常放松对舞台感觉的培养，遇事又调配不出角色意识，拿捏不好借戏搭戏的临场机会。话说他的亲哥王含是庐江郡守，贪赃枉法，胡作非为，但他为了显示自家兄弟的执政清誉，工作会议上就骄傲宣布："家兄在郡定佳，庐江人士咸称之。"部下纷纷鼓掌赞许，齐称明公您这是家风清正。然而座中有个叫何充的人，完全不按剧本走，铿然而作："充即庐江人，所闻异于此！"王敦顿时大窘，鼓掌众人瞬间动作僵住，吓得纷纷低头玩手指头（方正28）。

但王敦经此失误，仍不吸取教训，加强理论学习和实践训练，只相信强力引导。他先是兴兵作乱，打败政府军，迫使晋元帝服软，然后就想着另立太子，图谋篡逆。就在永昌元年（322）四月，他逼近京城建康，驻兵石头城之后，公卿百官来拜见，宾客盈坐，王敦意欲借不孝之名废掉太子司马绍，就历数太子的种种不孝之状，并明确告诉大家，这是温峤说的，这个人以前在东宫长期工作，现在是我手下的司马。这番爆料，炸得座中议论纷纷。须臾，温峤来。舞台各路灯光哄然齐聚，追光灯盯在温峤脸上。王敦表情严肃，咬牙切齿地发问："你在东宫久，最所知悉。皇太子做人何似？"然后怒目而视，与追光灯一起紧盯温峤。温峤神态淡然，仰望星空，缓声而答："小人无以测君子！皇太子之德才，非我能测度……公亦如此。"舞台灯光一下子把王敦照得肝胆欲裂。王敦血脉奔涌，为了强力引导温峤进入自己的剧本，遂立即重新组织情绪和语言，厉声追问，以便唤起温峤的角色意识："皇太子不孝，于道有亏，何以称佳？"温峤直身正色对曰："皇太子是否有钩深致远之才，诚非我之浅识所能测度。但观其以礼事亲，固不失为孝子也。"说完，瞪眼直视王敦。王敦一时愣住。而跟随温峤目光而至的舞台各路灯光、座中宾客目光，亦随之霎时愣住，凝固不动了（方正32）。

王敦对于这样的临场表演，平时不培育，事先不沟通，当场不铺垫，就想以他大将军行军打仗的威力，一声令下，蜂拥而上，他没有搞明白此时场景已经转换，角色意识亦需要转换，此时不是要拼武功，而是要拼演技；而拼演技，动作在场内，功夫则在场外。

这个道理，人家曹操心里就很明白。比如为了防范难以预料的行刺谋杀，常规的思路是加强警卫队伍建设，而曹操则宣称自身具有高端警报功能，一是梦中能杀人，即不要在他睡觉时随便靠近，近则感而杀之；二是他心脏能感知靠近的凶器，即若有人怀揣兵刃靠近他时，他的心跳就会加速，发出预警。主题既然确定，下面就要进行舞台呈现，要把这个意图精确地传达出去。前者属于借势搭戏，只要自己营造好场景，自会有人不自觉地进入站位，陪他玩真人秀（假谲4。可参看《三国演义》第72回）；后者则需要调配参与人员角色意识的能力。他首先说服一个亲信小校，说近来要组织一次秘密的安保实战演习，特委你以重任，奖金丰厚，程序如下："汝怀刃暗中来我身侧，我大喊'心动'。经过一番格斗，你被警卫捉住，然后行刑。在此过程中，你切勿说出受谁指使。此为机密任务，以评估咱们军营的警卫应变能力。"小校接到任务，很是豪迈，他精心准备，连一身刺客行头都是自己淘来的；而且，为了逼真地检测出曹丞相的警卫应变能力，他还用心设计了好多动作和台词，搞得自己激情澎湃、热血沸腾的。到了规定时间，他奋勇登场，惊讶地发现自己设计的所有动作都用上了，虽然被揍得鼻青脸肿的，但因为自己能有如此的表演潜质和超常发挥而感到无比得意，为之四顾，为之踌躇满志，即使到了被斩首之时，他仍未意识到真假问题，"不以为惧，遂斩之"——至死都沉浸在自己卓越超群的形象塑造之中，并按照荆轲刺秦王的格调表现出了一代刺客的万丈豪情（假谲3）。……经过这次秘密的安保实战演习，大家都对曹丞相自身的预警防卫特异功能深信不疑。

从这些演技设定的成功案例中，我们也看到了曹操所具备的高超的理论素养和实践能力，而且，由于他还具备深厚的文学功底，演技设定上更为注重内容与形式的结合，他先是给小校说戏，成功地调动起小校的角色意识，当小校正沉浸在表演的快乐中时，他又玩起了跳戏，在场景与身份上即时抽离，让小校带着万丈豪情死去，体现了一种人道主义的表演伦理。就这样，曹操以灵动飘忽的演技，成功地传达出了自备高端警报功能的玄幻神秘色彩，其表现形式与创作主题互为映衬，相得益彰，完美地塑造出了一个自带预警防卫系统的领导人形象，由此节省了大量的军费开支，且绿色无公害，环保无辐射。

可惜的是，曹操的这些演技，他的接班人曹丕没有继承下来。人家司马昭可是学到了父亲司马懿的高超演技，在权斗中软硬结合，而曹丕除了继承了父亲的一众爱妾（贤媛4）、继承了父亲权斗的所有狠劲（毒杀同父同母的二弟曹彬，又欲害同父同母的三弟曹植。尤悔1），但就是没有继承到父亲的高妙演技，甚至连看戏也看不懂。

曹丕是受禅而登上皇位的，在禅让与受禅之间，自然要经过一番表演。亲信华歆、陈群是核心策划成员，先是以文武百官名义上书汉献帝，威逼利诱，劝他把帝位禅让给魏王曹丕。然后是汉献帝颁布诏命，恳请曹丕接受禅让，而曹丕则表示倍感惶恐，拒不受命。随后，华歆、陈群等率领公卿将校齐聚魏王府，集会签名，奉上劝进表，核心的意思就是："明公不出，将如苍生何？"禅让策划领导小组那是分好组队、编好次序的，轮番诣府集会，累表劝进达数十次。曹丕的戏瘾也得过足，“三让”禅位诏书，终于在第四次，他为了天下苍生，应天受命，才接受了禅让。延康元年（220）十月，曹丕受禅称帝，百官莫不喜形于色，只有华歆、陈群这两个策划禅让的核心成员面有“戚容”，每次看到这俩人，都是一副哭丧着脸的表情。曹丕就非常纳闷了，自己没亏待他俩啊，封官加爵，从未少过这俩人的。最后实在想不明白了，就憋不住拉住陈群询问：“我应天受命，百官莫不悦喜，而华歆与公却独闷闷不乐，为何？”陈群赶忙回答：“今欣睹圣化，心自悦喜。然臣与华歆曾事汉朝，义自干其色。故喜藏于心，义形于色。如果我们只是喜形于色，就怕陛下您表面上认可我们，内心里也定会骂我们是忘义之人的。”听了陈群推心置腹的一番话，曹丕叹息良久，一方面是错怪亲信的窘迫，一方面是技不如人的尴尬（方正3）。

由此，我们可以看出曹丕在演技上确实要逊色不少，在重大表演中不但不明套路，不懂配合，还看不懂搭戏人的套路和配合。和峤曾因太子司马衷憨傻而劝谏晋武帝司马炎：“季世多伪，而太子尚信，非四海之主。深忧太子照顾不好陛下的基业。”（方正9。详见《那些坐不到一起的名士们》。）曹丕虽不似那个太子司马衷痴呆，但也是看不懂身边一帮谙熟演技的大臣们曲折深奥的套路，怪不得他的后代们斗不过司马懿父子。不过呢，华歆、陈群这样的人也确实套路太深了，好听一点的说法是虑事周密，举动详慎，不好听的说法就是老奸欺世，矫伪干誉。二人甘愿成为曹魏新宠，却又假惺惺留恋旧汉，以示自己的重情重义。他们行事奸滑矫伪，演技也一味弄巧，深隐曲折，就怕别人看清看透。可那些灵动、飘忽的社会表演，并不是简单地以好懂不好懂、演技巧不巧为原则的，隐蔽的巧不一定就能达成愿望，显露的拙并不一定就达不成愿望，高妙的演技就胜在巧拙之间的拿捏，取巧还是取拙，得失寸心知。

潘岳这个人，一直热闹着引人瞩目，步步前行。年少时因为姿容美丽，出门就被大姐大嫂大妈们围观，她们爱慕潘岳美貌的狠劲儿都沉淀在“潘岳掷果”这个典故里了（容止7刘孝标注）；等到长大了又因为文章写得秀美卓绝，“烂若披锦，无处不善”（文学84），被钟嵘《诗品》列为上品。他精美地修饰着自己的容貌，也精美地修饰着自己的文章，尤其是他的《闲居赋》，清绮绝伦，清幽飘逸，有对诗酒田园的热切向往，有对居家赋闲的真诚欢乐，写出的那颗闲适、淡雅、洁净、澄澈的心，真是高情千古。但是，当你在感叹一个人只拥有此生此世是不够的，还应该拥有诗意的世界时，他早已不满足于在那个绚烂多彩的诗意世界里徜徉盘桓了；当你还在因为身陷眼前的苟且而向往诗意的远方时，他已经从诗意的远方回到现实的维度而开始追逐眼前的苟且了。潘岳同学在五十多岁时，青春再出发，弃巧而取拙，为了谄媚那个

“权过人主”的贾谧，每天出门上班时不是直接去单位，而是站立在上班必经之路的路旁，等待着贾大人的车驾，见其远来，纳头便拜；见其远去，望尘而拜，始终保持着一心向往的姿态（《晋书》卷55《潘岳传》）。

静静在一旁观看的观众们目瞪口呆，简直要气疯了。你潘岳人长得挺讲究，浓眉大眼，漂漂亮亮的，文章也写得那么讲究，可这演技也太粗鄙了吧，动作设计太赤裸裸了吧，根本就没有一丁点儿修饰和提炼嘛。可是呢，你观众骂归骂，气归气，人家潘岳的目的达到了。你认为你看懂了，可不一定能真明白。人家潘岳同学的演技确实粗陋、粗俗、粗鄙，让一旁的众人感到恶心，但他就是要以自己的不恶心，敢于扮丑，勇于犯贱，直白露骨地与众人划清界线，以此向贾大人袒露衷心，表达投诚之意，递交上一份投名状——相比于林冲要以劫道杀人向梁山王伦交纳投名状，潘岳在用杀死自己名誉自尊的方式来向贾谧递交投名状，而且透着一股决绝的狠劲儿。

当时与后来，有无数的人在为潘岳感到纠结：“高情千古闲居赋，争信安仁拜路尘?”（元好问《论诗绝句》）可人家潘岳心里从来都是不纠结的，他的“拜路尘”，与他精美地修饰自己的容貌、文章一样，都是因为鼓动着一颗噪竞的心；他的《闲居赋》就要高情千古，他的“拜路尘”就要粗鄙恶心。他没有按想的来做，也没有按做的来想，所以心里也就没有阮籍的纠结和痛苦，一方面说自己不想演了，一方面还不得不演。人家潘岳就是进入家门就走入山水田园的心灵，踏出家门就走上风尘遮面的舞台，决不会唱什么“我本是卧龙岗闲淡的人”，什么“我好比千里马不遇知己，我好比夜明珠沉入沙泥”。

只是潘岳躁竞的姿态太难看了，张扬，虚饰；步子太不稳了，根本没有预留后退的位置，更没有听从妈妈的话要适可而止、及时收手，最后在知道要赴刑场被斩了，才知道“负阿母”（仇隙1刘孝标注），这已经没有时间来反思自省了。世事多伪，人生如戏，谁认真谁就输了，看不清看不懂的，投入了感情，顶多就浪费点感情，可投入了身体，基本上就没命了。

就在潘岳被杀后的第二年（公元301年），一个叫王戎的人停下了他在躁竞前行之路上的豪华轺车，偶然表露了一下对自己矫伪处世的自省。

王戎比阮籍小二十四岁，但却被阮籍赏识而拉进竹林七贤的朋友圈。王戎十一二岁即与阮籍相识，那时，其父王浑与阮籍是同事，阮每次来访，寒暄几句就不愿聊了，倒是特别喜欢拉着王戎“神侃”，认为这孩子与王浑不是一类人：“阿戎清尚，非卿伦也。”（简傲2）由此王戎小小年纪，就被阮籍带着到处神聊海喝的，也带入了竹林七贤这个被当时与后世无限景仰膜拜的朋友圈。可没想到小孩子在成长过程中的可塑性太强了，王戎渐渐长大了也渐渐地不“清尚”了，表现得理想主义色彩很暗淡，气度不宏阔，而物欲又很强。来对比一下，阮籍傲视万物，嵇康睥睨天下，还有那个刘伶，虽然身材短小，但以宇宙为狭，洛阳城更是盛不下他了；而这个王戎，好货好利又十分吝啬，不仰望头顶上灿烂的星空，只管低头盯着理财和投资，关心田园和房子，忙得经常不参加竹林酒会和竹林读书会。有一次例行酒会，王戎原本说好了要来，但估计因为抢购院子房子而迟到了，阮籍们等得准备运动都做过好几轮了，他才觍着尴尬的笑脸来到。阮籍可是带着他闯荡名士圈的领路人，看到他现在这个样子，感到非常痛心：“俗物已复来败人意！”（排调4）再后来，王戎就在这“俗物”的路上越走越远，也距离那个啸傲名士界的竹林渐行渐远了。

他好为俗累，广置产业，田园周遍天下，“区宅、僮牧，膏田、水碓之属，洛下无比”，常白天巡视田园，晚上熬夜算帐（俭啬3）；又能够放下身段，钻研演技，懂套路，知配合，矫伪以应世，虚饰以待人，不屑虚名，与时浮沉，晦默于危乱之际，经纶于权钱之务，终至既贵且富。……这个时候，他奔竞的脚步可以慢下来了，可以驻足休息一会儿了。六十七岁那年，尚书令王戎，着公服，乘轺车，行经黄公酒垆下，就停下了他奔腾的车队。望着眼前残败的酒垆，想到自己年少时常与阮籍、嵇康等人酣饮于此，一晃不觉四十年过去了，往昔豪气冲天，今惟残垣映日。

王戎独自静静地站在低矮的院墙边，四周散漫张望，但见风声入林影黯淡，日光穿竹翠玲珑，周遭的蓬草主动配合着酒垆的凋敝情绪，疲惫无力、三心二意地趴卧着，倒有一株野蒿，并不理会暮去能否朝来，叶落能否花开，依然穿过岁月的风尘，执拗地从断墙缝隙中钻出来，抖擞着一股傲视万物的豪情。王戎一时不禁两眼迷蒙，仿佛看见一位白衫俊少从屋内走出，脸上洋溢着洁净的豪情，眼中焕发出清澈的光芒，手握酒杯，轻盈地踏着庭院竹影飘荡过来。王戎顿感朗月入怀，不由地精神一振，挪步相迎，但少年突然愣怔在那里伫立不动了，眼神透着莫名的疑惑和躲闪。刹那间，王戎在这个年青人忽然暗淡的眼光、瞬时发愣的神态中，度量到一种邈若山河、恍若隔世的距离，看到了理想与现实的错谔，过去与现在的互斥，还有那种尘路相逢而面面相觑、无法相拥的怅惘与失落……

王戎黯然回步，背对酒垆，丢下一句“我昔与嵇叔夜、阮嗣宗共酣饮于此垆，悠悠四十载，今日视此虽近，邈若山河”（伤逝2），然后继续驾车西迈，把那个年青人的暗淡眼神甩给了穿林打叶的飒飒秋风，和滚滚红尘。

名士相见斗什么——斗不动声色

王蓝田（王述，袭父爵蓝田侯）是个急性子，他的性急知名度高、典型性强，当时盛传，后世乐道，最有名的一件事是激情吃鸡蛋。

一日早饭有白煮蛋，王述举筷夹之，不得，顿时大怒，抓起来就掼在地上了。可是，鸡蛋并没有趴在地上吓得不敢动，而是欢快地旋转着。这在王述看来就是在挑衅了——述不胜怒，在鸡蛋转到第五圈时，跃身起脚踩下去，可是鸡蛋还是旋转着躲开了。王述气得肝胆欲碎，俯冲下去双手摁住鸡蛋，塞入口中，怒目切齿地嚼碎了鸡蛋，然后迎着早晨的阳光喷洒在空中（忿狷2）。

这就是王述典型的性急发作症。他这个人平时沉默寡言，但性急症发作起来突然又猛烈，且频率稳定，力度坚定，以至于大家都在他沉默时紧张地期待着，在他发作后兴奋地念叨着，当然还要热烈地评议一番。比如对他这个激情吃鸡蛋的行为，就有两种解释：一是急性子，二是真性情。名士界执此两端，各作褒贬，这当然是根源于品评名士做派的不同标准了。而当时对于名士做派的表现，就有两大路线：从容淡定，真率自然，由此而分出从容、真率两大流派。喜欢从容派的就鄙视王述的急躁没涵养，喜欢真率派的就赞赏王述的真率有性情。王导、谢安、简文帝就很喜欢他的真率自然（赏誉62、78、91）。

王述在丞相王导手下工作的时候，王导经常会组织一些务虚、务实的聚会，以营造团体文化，凝聚组织力量，增进员工感情，一般都是搞一些主题讲座、专题讨论会什么的。王述这个时候就沉默寡言，有人说是因为他性格沉静，有人说是因为他迟钝不敏，反正大家激烈讨论时，他就静陪末座，要么仰望星空，要么低头喝茶。有一次，王导来了个主题发言，座下众人一片点赞，唯恐不及。轮到王述说了，一句话就把他们噎死："王公并非圣人，也不是说什么都对吧?"（"主非尧舜，何得事事皆是?"）把那帮点赞的人憋得脸红脖子粗的。王导倒是很喜欢他这种不作谄媚、敢于直言的率真（赏誉62）。

但另外一件事，他却能得到两派的共同认可，当然也挺让大家惊讶的。

谢奕是谢安的大哥，性格狂傲强硬，王述不知怎么回事得罪他了，谢奕早上一上班就杀奔王述的单位"肆言极骂"。你要是知道他女儿谢道韫在娘家训斥弟弟、在夫家训斥丈夫的气势与声势（详见《名士婚姻的美丽与哀愁》），就能想象到谢奕的声色俱厉了。大家一下子兴奋了，因为王述半个月没有性急症发作的头条新闻了，此番对手强劲，很有可能改写王述的性急发作史，这回有好戏看了。但现场很令人失望，无论谢奕怎么骂阵，王述憋在办公室里就是闭门不出，“正色面壁不敢动”。谢奕呢，明显这次是吃饱了有备而来的，不喝水不上厕所一直骂了半天，还是没把王述骂出来——看来他还不如那个鸡蛋有吸引力，眼看着观众不断减少，自己也该回家吃午饭了，就转身回去了。王述呢，“良久转头问左右小吏曰：‘去未?’答云：‘已去。’然后复坐”。看来王述也是不喝水不上厕所，面壁站在那儿憋了半天（忿狷5）。

这件事，王述没有性急发作，跳出来与谢奕对阵叫骂，可是他神色凝重地面壁死憋，也谈不上什么从容淡定，姿态闲雅，之所以还能得到大家的普遍认可，就是因为他的克制、忍耐。这让从容派刮目相看，感到很惊讶，他那么急躁成疾的一个人，基本上一摁开关就喷火的家伙，现在竟能知道克制了——虽然他克制的样子让喜欢他的人很心疼，让不喜欢他的人很失望，但毕竟已经不再像原来那样毫无征兆、毫无目标地乱撒火气，而是开始知道憋气、憋气量了。

当时名士界很重视这个气量，因为这是判断一个人是否有大才，能否成大事，是否值得依赖、依靠、托付的重要标准。王子猷雪夜访戴，兴起时便即刻乘舟驰访，到戴家门前则不进而返，姿态闲雅（任诞47）；而静坐室内，房顶火发，跑得鞋子都没来得及穿，姿态很难看（雅量36）。前者，他给自己的突发情绪一夜行舟的时间和距离来回旋，而后者情况危急，激烈的火势让他不可能为自己突发的情绪提供一个空间来缓冲。二者综合比较，他能否在突发情绪时优雅面对，淡定处理，就要看他是否能给自己的情绪发泄提供缓冲的空间了。人家火气来了，你不是着急躲避，而是平心静气地给火气一个缓冲的空间，给对方一个回旋的余地；自己的火气来了，不是一下子就烧到对方身上，而是自己把火气放在一个空间里盘旋一会儿，给自己的情绪一个回环的空间。这个余地、空间能够为彼此情绪提供一个回旋、缓和的机会，你能够为情绪提供回旋的空间，就是你的气量；你能够为情绪提供的回旋空间有多大，你的气量也就有多大。名士们都很看重精神气度的从容闲暇、平静温和，什么“颜色自若”、“神色无变”、“举止自若”、“神色闲畅”，表面上斗的是不动声色，实际上是在斗气量。务实派、务虚派都看重这种胸襟和境界的气度。

务实派，看到的是气量所蕴含的忍辱以负重、克制以谋远的品质和能力。桓温就喜欢在猝然惊变的局势中来测试、观察一个人的器局。有一次他与会稽王司马昱、武陵王司马晞同乘一辆车，过桥时，突然车前车后鸣鼓大叫，一时人马惊扰，桓温自己也假装骇叫，司马晞惊慌无措，要求下车，而司马昱则穆然清恬，举止自若，音颜无变。由此桓温就很佩服司马昱的气度，认为“朝廷间固复有此贤”（雅量25）。而谢安则要比会稽王司马昱表现得更稳重镇定。桓温移镇南州时（即姑孰，今安徽当涂），曾与会稽王司马昱、谢安一起泛舟江上，不料狂风忽起，波浪鼓涌，桓温面露惧色，会稽王也神色微异，惟谢安怡然自若。倾间风止，桓问谢曰：“向那得不惧?”谢笑止，徐答曰：“何有三才同尽理?”（《太平御览》卷71引《世说》）

而在隐居未仕时，谢安的一次泛海游赏则更表现出了处乱不惊、沉稳应对的气度，也为他赢得了名声。谢安隐居东山时，周围聚集着一帮朋友，有孙绰、王羲之、支道林、许询等人，估计周围山水晃荡厌了，想着新鲜有创意的，就打算泛海游玩。没想到这大海可不是东山旁的剡溪水，泛舟其上，风起浪涌，体内五脏六腑也随之翻江倒海，孙、王诸人畏惧色变，便嚷嚷着要回程，而谢安呢，貌闲意悦，吟啸不应。船公见此，继续挺进。已而风转急，浪转猛，诸人皆喧动不坐。谢安见此，面向大海深处，恋恋不舍地说：“如此，咱们是不是回去呢?”众人连忙齐声应和：“俺们早就答应要回去了!”（雅量28）

当时人由此看到了谢安的气量，认为他“足以镇安朝野”。原因就是在大家都惊慌失措之时，他能把握方向，克制忍耐，沉稳应对。这种克制忍耐所体现出的气量，不是说他会改变自己的原则以适应局势，而是表明他不会因为周围情绪的无谓起伏而改变既定路线，放弃既定目标，不会因为自己情绪的刹那波动而把自己置于危险的、不确定的境地。这也就是张良甘为黄石公拾履、韩信甘受胯下之辱的价值内涵所在。按苏轼《留侯论》的说法，黄石公“以为子房才有余而忧其度量之不足，故深折其少年刚锐之气，使之忍小忿而就大谋”，而“彼其能有所忍也，然后可以就大事”。

看来，谢安隐居东山，并不是简单的钓鱼爬山喝酒聊天，他还有意识地练胆量练器度。他能深达危乱，把握时局，能被视为“镇安朝野”的人，就是得益于这种处变不惊、克制忍耐、沉稳应对的胸襟和气量，这样的品质和能力让人感到安稳、可靠。我们在谢安与王坦之联手制衡桓温强臣欺主的过程中，就可以看到谢安这种气量的效力。

桓温雄武专朝，权势膨胀，尤其在公元371年行废立皇帝之事后，大权独揽，而新任的简文帝司马昱基本上是个傀儡。桓温代晋自立的篡位之心形于音迹，他曾说过这么一句话：“既不能流芳后世，亦不足复遗臭万载邪？”（尤悔13）此语即表现了桓温对于这个目标的蓬勃激情，以及渴望达成这个目标的凶狠眼光。在桓温凶狠眼光的注视下，谢安克制忍耐，与王坦之二人想方设法予以制衡。

当桓温残酷清除异己之时，谢安和王坦之要拜见郗超，以探虚实，以作沟通。因为郗超是桓温能行废立之事的心腹谋臣，也是桓温残酷清除异己的合伙人，还是桓温安插在简文帝身边的耳目，此时正有“专杀生之威”（雅量27。详见《那些敢爱敢恨的名士们》）。可是，人家郗超架子太大了，谢、王二人一上班就去单位接待室等候，直到天色已晚仍未见到郗大人的影子。这王坦之是王蓝田的儿子，虽说比他爹要沉稳得多了，但性急的基因还在，最后还是没耐住心中的愤恨，起身就要走。谢安则沉默静坐，顺手拽住他："不能为性命忍俄倾？"（你就不能为了性命忍一会儿吗。雅量30）

当谢安、王坦之二人联手借简文帝遗诏黜落桓温权势（详见《那些敢爱敢恨的名士们》），使其渴望简文帝临终禅让于己，或像周公那样代王摄政的目标落空之时，桓温勃然大怒，摆下鸿门宴，决意诛杀二人。公元372年七月，桓温以祭拜简文帝的名义，带兵入京，在新亭驻扎下来，然后"伏甲设馔，广延朝士，因此欲诛谢安、王坦之"，就是大摆宴席，重兵埋伏，以待谢、王。而接到请柬的文武百官们明知道这是场结局编定的暴力剧，不想去当观众，但又不得不去当观众，还早早来到了，都坐在位子上战栗失色着，生怕一会儿高手相杀，自己会被鲜血喷到，被剑气伤到。

王坦之也被这局势气氛感染了，脸上表现出惊惧慌张之色，这倒不能说明王坦之害怕了，只是他沉不住气。他问谢安："当作何计？"谢神色不变，谓王曰："晋阼存亡，在此一行。"遂相伴前来会见桓温。

进入这个"鸿门宴"的格局，各自走位，场面气氛骤然凝重起来了。王之惶恐，转见于色，文件包也拿倒了，后背衣服也被汗湿透了。而谢之从容，愈表于貌，神姿举动，不异于常。踏着扎实的节奏，迈着优雅的步伐，谢安从容登阶，走向大堂。为了缓和场面的紧张气氛，他还主动朗诵了一首诗：

浩浩洪流，带我邦畿。萋萋绿林，奋荣扬晖。鱼龙瀺灂，山鸟群飞。驾言出游，日夕忘归。思我良朋，如渴如饥。愿言不获，怆矣其悲。（嵇康《赠秀才入军》其十三）

这应该是谢安设计好的动作和台词。洪流尚浩荡而前奔，绿林且荣发而悦人，鱼龙共聚而游，山鸟群飞以乐。秀才入军，就是为了捍卫这浩浩江河、巍巍山岳。既然我愿意走出东山，也就愿意把性命赔给信念。

谢安步阶登堂，入席坐定，举目扫视了一圈这厅里厅外环立的卫士，就对桓温说："我听说国家安宁，诸侯有道，那是因为军士们守卫四方，他们今天为何要守卫在这儿呢？况且，咱们今天这场合，明公您就没必要安排这么多安保了吧？"桓温赏其气定神闲，风姿闲雅，绷着的脸不禁松弛下来，咧嘴而笑："今天这宴会很重要，安保措施当然得重视点了。"此言一出，原来设置好的身段、表情就都作废了，大家都不必再端着装着了，于是桓温"命却左右，促燕行觞，笑语移日"（雅量29）。

谢安处险境而能沉稳，这种由气量宏大而来的不动声色、气定神闲，人所罕及，他也因为这样的镇定自若、从容旷达的气度而震慑了对手，化解了局面的紧张、局势的危险。

至于务虚派的斗气量、斗不动声色，当然不是为了经纶事务，也不必冒着生命危险了，但也关乎脸面，关乎风度，关乎声誉。比如刘伶纵酒放达，意念膨胀，形散神也散，常以宇宙为狭，整天觉得那洛阳城盛不下他了。这就是他纵横名士圈的形象和姿态，决不能被破坏，一定要保持。于是他“处天地间，悠悠荡荡，无所用心”，这走路的姿势就有些飘忽灵动了。名士圈里人也就配合着他，但圈外人是不会搭理他什么风度的。有一次他正飘忽灵动着，就与一俗士发生了刮擦事故，此人奋袂攘襟，怒目切齿，必欲捶扁之。没想到刘伶并不配合他的气势，而是主动认怂，和颜悦色地说：“我这付鸡排骨，怎能撑得住您老兄这尊拳呢？”（“鸡肋岂足以当尊拳？”）其人顿觉无趣，颓然而去（文学69刘孝标注）。刘伶就这样以恬淡温和的态度化解了一场突发的拳斗，保护住了自己的名士风度。

遇事不动声色，从容闲雅地应对，这里面包含了一种人格信仰，最高境界是“爱憎不栖于情，忧喜不留于意，泊然无感，而体气和平”（嵇康《养生论》），如此则无所待，无所应，爱憎喜怒皆不能扰其思，累其心，动其神。欠一点的境界就是能以自己的意志主宰易动易起之情感，尽量地把情绪涵养于心胸，而不形之于声色。这是名士们追求的理想人格，也是能表现出、保持住从容闲雅、恬淡温和形象的必修功夫。

但江湖险恶，总会有对手明里暗里使绊下套，以扰乱你的心智，撼动你的声色，有的是开口叫骂，有的是动手拉扯，目的就是为了拉你下来一起滚泥浆、捣浆糊。

王衍是当时的名士领袖，很注重个人形象的经营，比如他姿容秀美，就非常注意服饰的装点（详见《名士们为何那么在意容貌》），比如他作为清谈家，就特别注意学术影响力的营造。但就是有人批评他的学术观点错误，比如他以“无”为本，提出“崇无论”，影响甚巨，声誉很盛，颇为自得，可是裴頠这个人就大加批评，针锋相对地提出“崇有论”。虽然王衍追随者攻难交至，无奈裴頠斗争顽强，王衍一方终莫能屈之，于是王、裴二人就只能互相不服气着了（雅量12）。当然，裴頠也不是一个人在战斗，他有个坚定的支持者是堂弟裴邈，此人论辩的态度恶劣，斗嘴的方式怪异，总想找机会与王衍当面斗一次，但王衍始终不给他机会。这裴邈的斗争精神与其兄一样强悍，且不计利害，不顾风度，敢于放下身段，于是，主动登门踢馆，肆言极骂，逼迫王衍出来斗嘴，想着王衍能当面与他叫嚷对骂。但王衍始终“不为动色”，保持着一代宗师的风范，只是悄悄告诉手下：“这家伙终于憋不住，现了原形。大家不要理他。”（雅量11）

但有时候是王衍搭理人家而招来的祸端，他也能卒然临之而不惊，不动声色地化解掉。王衍曾托一族人办事，族人满口答应，但久无下文。有一次王衍、王导共赴聚会，正遇此人，便当众问起此事：“近嘱尊事，那得不行？”可能这样的当众质问让族人很丢脸面，族人大怒，顺手绰起一个食盒就扔过来了，肉片豆芽菜花的，糊了王衍一脸。当此之际，王衍怎么的办呢？“都无言”，一句话也不说，沉默以对，随后“盥洗毕，牵王丞相臂，与共载去”，当然内心还是不平静的。只是回到车上后才揽镜自照，见到自己那张秀美的脸蛋并无损伤，遂心中释然（雅量8）。

被食盒摔脸上了，有人会想着惊叫，想着喊疼，但人家王衍关心的却是自己的容貌是否安然，自己离开混乱现场的姿态是否优美，这就是风度。当然，王衍当场心里也很生气，但他只是动心，而没有动口，更没有动手，只是在离开宴席，回到车上之后，才揽镜自照。这段距离和时间就构造了他的情绪能够自我盘旋回环的空间，这个空间就是他的气量。王衍于此显示出了他不介细故、沉默负重的君子雅量，也保持了他从容闲雅、恬淡温和的名士风度。

由于当时人们特别看重这种名士气量，也喜欢用气量来评判名士优劣，所以名士们就特别喜欢随时随地斗不动声色，以此来检验谁憋气憋火的心胸空间比较大、比较开阔。什么样的地方适合斗呢？当然是酒席饭局了，因为这个场合特别容易找到机会，借题发挥的道具触手可及，随手可取，场面气氛容易营造，观赏效果也容易调动。

镇东将军周馥做东请客，安排手下一个司马为行酒官。司马忠于职守，依次给客人斟酒，然后站立一旁等着客人喝掉；宾客们也懂规矩知礼节，斟到自己时都能及时喝掉，宾主把酒言欢，这行酒官做得很畅快。但酒过三巡之后，宾客们就有小动作了，比如裴遐就开始与旁边客人下围棋。裴是王衍的四女婿，是个清谈斗嘴的高手（详见《名士相见斗什么——斗嘴》），这下棋他也是高手，而且很专注。行酒官司马又斟到裴遐了，这人正在专注下棋，没有及时喝酒，司马果然是军人作风，十分恼火，一掌就把裴遐从座位上扒拉到地上了。刹那间，欢快的宴席顿时寂静无声，笑脸和酒杯也都凝固不动了。但人家裴遐呢，不动声色，拂衣还坐，“举止如常，颜色不变，复戏如故”，还没忘记将手中捏着的棋子清脆地落在棋盘上，吧嗒一声，不动声色地点开了宴席欢乐祥和的气氛……王衍很赞赏女婿的这个度量，事后还与女婿讨论过一句：“当时何得颜色不异？”裴遐说：“他只是一个好斗的莽夫，我何必与他较劲呢？”（雅量9）

再看谢万。高僧支道林要离开京城，时贤于征虏亭饯行。蔡系来得早，坐在靠近支道林位置，而谢万来得太晚了，坐得离支道林有些远了，听不清主席台核心人物的讲话，很是着急，看着蔡系起身上厕所了，就赶紧拿着自己的坐垫挪过去了。蔡系回来一看，见谢万坐在自己的位置上，还假装认真听领导讲话的样子，非常恼火，直接端着坐垫就把谢万撴地上了。再看谢万，人虽然坐在地上了，但还是保持着认真听讲的姿态，“徐起振衣就席，神意甚平，不觉瞋沮”，无嗔无恼亦无沮丧，还戏谑地对蔡系说：“你这个家伙，差一点伤了我的脸。”蔡不理睬他的幽默，气哼哼地回击：“我可从没想到要在乎过你那张臭脸。”（雅量31）要说谢万这表现，单凭此一事还有可称道之处，但若联系其他表现，就难以说他有多少精神内涵了。因为谢万这个人挺不着调的，比如有一次谢安、谢万兄弟与客人闲聊，他就当着大家的面对着便器撒尿，气得阮裕出门就大骂：“新出门户，笃而无礼。”（简傲9）又比如他岳父王述五十二岁时才当上扬州刺史，他到扬州去祝贺，见面就说：“人言君侯痴，君侯信自痴。”（简傲10）这种狂妄之徒，不只蔡系看不惯他，当时很多人都看不惯他，比如桓温就斥之为“挠弱凡才”（方正55）。所以，虽然他那种处变不惊的气量表现出的从容闲雅、恬淡温和风度很令人向往，但正如任诞姿态一样，原是名士们追求随性自然的内在精神的一种外化，但后来逐渐凝成为一种形式上可以模仿的东西，谁都可以刻意地玩弄一把，就毫无精神内涵可言了。

上面讲的这些斗气量的“气”，都是酒席宴会上突发的、即兴的，但很多时候这“气”是酒席宴会之外长期酝酿而成的。所谓“台上一分钟，台下十年功”，那酒席饭桌上的当场较量，却是场外绵延多年的怨恨情仇累积的结果。按照“冰山理论”的说法，这台上斗的部分仅是很小的一块，那台下斗的部分可是恢宏无比，而且还伴随着暗流涌动，更加难以把控，因此，台上稍有不慎就会造成场面的瞬间崩溃。当然，这个时候也就更能看出一个人的气量来了。

王珉（字季琰，小字僧弥）在叔叔王荟家聚会喝酒，谢玄也在。席间，王珉就举酒劝谢："奉使君一杯酒。"谢曰："可尔。"本来这对话应答没啥问题，因为谢玄确实任过徐州刺史，能当得起"使君"之称，而且谢玄年龄比王珉大八岁，说一句"可尔"也不过分。但王珉竟然勃然作色，起身就骂，声色俱厉："你就是个吴兴溪中钓奴耳，何敢如此张狂！"谢玄被他骂得有点懵，缓过神来，便对着王荟抚掌而笑曰："卫军，僧弥是不是有些迷糊了，开始辱骂尊长了。"（雅量38）

就因为一句"可尔"，王珉就对着谢玄揭短揭丑地辱骂，难道他的心理就如此脆弱吗？要知道王珉可是王导之孙，当时王、谢二族并称，王珉的家境、地位丝毫不弱于谢玄。实际上，谢玄能刺激到王珉的因素并不在场内，而是在场外。原来，王珉曾是谢安的女婿，其兄王珣则娶了谢万的女儿，这本是豪族增强势力的习惯动作。但两家虽为姻亲，却互相猜嫌，谢安首先强势离掉了侄女与王珣的婚姻，又果断离掉了自己女儿与王珉的婚姻，于是王、谢二族遂成仇敌（伤逝15）。这件事所酝酿的怨恨情绪非常敏感，虽然谢玄一句"可尔"可能有点语气倨傲了，但即使谢玄说句"岂敢岂敢"，也同样会让王珉感觉到语气倨傲的。王珉被谢家无端离婚造成的情感伤害，使得他的心理非常敏感脆弱，故而面对谢家人会因为言语稍不相得，便不顾风度而勃然作色，由此亦可见王、谢二族交恶之深重、宿怨之难调了。

与王珉相比较，哥哥王珣就没有这么心理脆弱，毫无度量。当时，谢安为中书监，王珣为黄门侍郎，有个高层会议二人都须参加。王珣到得有点晚了，人多会场小，大家坐得很挤，就谢安身边还有点空，王珣就不动声色地径直坐在那儿了。谢安本来盘腿而坐，见王珣坐过来，便敛膝容之。王、谢两家虽已交恶很深，各人都怨气很重，但此时二人并肩而坐，王珣不忸怩不局促，而是神意闲畅，从容恬淡。谢安心中大为赞赏，回家与刘夫人谈起，仍叹服王珣的气度："向见阿瓜，故自未易有。虽不相关，正是使人不能已已。"（阿瓜是王珣的小名。赏誉147。）

但很多人并没有王珣、谢安这样的气度，积怨深重犹能平和面对。比如，王珉因谢玄言语稍不相得就厉声斥骂，王忱与王恭更是一言不合就要拔刀相杀。王忱（小字佛大，当时多称之为王大）是王恭的族叔，二人年青时关系非常亲密（识鉴26、德行44），但后来因为政见不合，再加小人离间，关系破裂，交恶日深。后来，王恭为丹阳尹，王忱为荆州刺史，一次仆射何澄府上设宴，二人俱在座。酒至终曲，王忱劝王恭酒，王恭死活不喝，酒杯在手上看似随意地推挡了两下之后，这宴席的画风就陡然突变，二人各自端酒杯的手就已经移到了对方的裤腰带上了。二人的情绪酝酿得很久了，闷气也憋得很久了，此时二人互相扯着对方的裤腰带窝在一起，王恭就嚷了一声："我早就看你不顺眼了！"王大很不屑，嘴角一撇："看我不顺眼的人多了去，你算老几？"话说到这个份上，基本上就得动手了。就在二人拉扯僵持之际，王恭一方早有家人通报府上。王恭府收到前方探报，瞬间集结了近千人的非专业队伍，"车辚辚，马萧萧，行人弓箭各在腰"（杜甫《兵车行》），就发过来了。而王大呢，他真的是来喝酒的，就带了十来个随从，当此之际，那也是摆出抵死护主的架势，"但使龙城飞将在，不教胡马度阴山"（王昌龄《出塞》）。主人何澄一开始并没在意，酒场上俩人为了一杯酒拉扯几下，没什么大不了的，顶多就搭上两根裤腰带的事儿，可要是变成决斗场，那就不是两根裤腰带的事儿了。眼看着自己家里一下子聚集了上千人，各持装备，便欲相杀，何大人百般无计，干脆放倒自己，直接塞在两人脚下，躺在地上了，意思是你们要打要斗就从我身上踏过去。见此情状，王忱弯腰扶起："何大人，我是来喝酒的，怎能在此动刀呢？"这话是说给主人何澄听的，也是说给王恭听的。于是乎，两人各自手拎裤腰带，在各自家人、随从的簇拥下，无序地散去（忿狷7）。

由此，我们就能理解谢安为何赞赏、叹服王珣的气度了，因为那些气量宏大的人即使交恶也会惺惺相惜，因为这样的雅量难得而他崇尚这种气度和人格，还因为他自己也是这样气量宏大的人。所以当王珣听到谢安去世的消息后，虽然两家已积怨深重，虽然二人已互不交往，但王珣仍然决定要去吊丧，谢家人不理睬他，他也不理睬谢家人，“直前哭，甚恸，不执末婢手而退”（末婢，是谢安之子谢琰的小字。依古礼，吊丧者应哭灵后执主人手，以示慰问。伤逝15）。王珣来到谢安灵前，不是对谢家人的慰问，而是对谢安本人的祭拜，以表达他对一个真正知赏自己的人的尊敬和感谢，表达他对那种处变而不惊、克制以谋远的优雅气度和理想人格的欣赏和向往。

那些坐不到一起的名士们

本来，坐不到一起的人并不多，但是呢，那些看不顺眼的人、话不投机的人往往会升级为坐不到一起，而那些不共戴天、不同日月的人又往往要降级为坐不到一起，于是，心里各种堵塞的人就都堵塞在坐不到一起这个档级了。比如诸葛靓，本与晋武帝司马炎不共戴天，降格以求而不与同坐，最后竟无奈地退让到厕所里“臭味相投”了。

诸葛靓这个人，诸位看官可能没啥概念，那对他父亲诸葛诞、伯父诸葛瑾、诸葛亮，应该熟悉吧。三国时期，诸葛三君，各在一国，功名鼎盛，三家的后继者瞻（亮之子）、恪（瑾之子）、靓（诞之子），亦皆有盛名，所以诸葛家族声望隆重，与琅琊王氏家族并称“王葛”。至于王谢齐名，那是东晋的事了，所谓“山阴路上桂花初，王谢风流满晋书”（唐人羊士谔《忆江南旧游二首》之一）。即使东晋衣冠南渡之初，诸葛家族仍享祖荫之盛名，看不起谢家。有这么一件事，诸葛恢（靓之子）有女三人，吏部尚书谢裒想为儿子求娶恢之小女，遭委婉拒绝：“羊家、邓家与我家是世婚，江家、庾家挺照顾我的，我也得照顾到他们二家，配额已经用完了，实在没有余额给你了。”面上的话是“货源不足”，真实的原因是谢裒及其父谢衡功业无闻，非诸葛家族之比，故诸葛恢不肯与谢家结姻。不过，这谢裒倒挺执着的，终于等到诸葛恢去世了，让儿子谢石娶到诸葛恢的小女儿，与诸葛家连上了姻（方正25）。因为此时，谢裒之子谢安、谢万声名已盛，而诸葛家则趋于衰微，于是乎，旧时诸葛堂前燕，飞入陈郡谢氏家。

那么，诸葛靓为何与西晋皇室有不共戴天这么大的过节呢？这得说到父辈的恩怨了。诸葛诞在曹魏时与夏侯玄、邓飏齐名（后文详谈夏侯玄）。曹芳继位后，大将军曹爽辅政，重用夏侯玄等人，诸葛诞出任扬州刺史，统领扬州驻军，防卫魏、吴前线，而此时他的亲侄子诸葛恪正掌握着吴国的军政大权。但后来，曹魏军政大权相继落入司马懿及其子司马师、司马昭手里，当然，这是司马家族斗争来的，斗争的结果，就是大将军曹爽这一线势力被清除。在高层权力斗争的急湍旋涡中，行舟不易，要想水不沾衣，全身远祸，并非仅有谨慎就可以的。像阮籍、嵇康这样的争取对象，都难免性命之忧（阮籍闹心得经常夜中不能寐，口不臧否人物；嵇康则仗着长得帅，大嘴巴敢说，最后被清除了），那么，直接的斗争对象就更甚了，比如夏侯玄、诸葛诞都是被夷灭三族。诸葛诞的祸事是怎么来的呢？

我们都知道司马昭净干一些路人皆知的事情，比如公元257年，他就以皇帝的名义，升任诸葛诞为司空，命其入朝任职。诸葛诞当然明白其居心，因为邓飏、夏侯玄都已被他先后诛杀了，于是诸葛诞干脆兴兵反抗，并派儿子诸葛靓到东吴求援。这正中司马昭下怀，亲率军队讨伐，诸葛诞最终兵败，被诛灭三族。而诸葛靓呢，他虽因入吴求援得以全身，但他被难以把握的命运之手推来搡去的身影也是颇为凄惶的。先是在257年从魏国逃到吴国，躲过了诸葛诞被夷灭三族，而他得以避祸的吴国，也曾在253年把他堂兄诸葛恪夷灭三族，后来，东吴覆亡，他又不得不由吴入晋，独自面对所有的仇恨与尴尬。不过这个时候，司马炎已是晋国皇帝，他是司马昭的儿子，也是诸葛靓的幼年好友。

司马炎也像父亲司马昭任命诸葛诞为司空一样，以任命诸葛靓为司马的名义，邀其入洛。司马炎可能有深意，但是没恶意，毕竟天下一统了，况且诸葛靓是自己幼时的好朋友，就是想见面叙叙旧。但是，自己父亲司马昭把人家爹杀了，现在你来高屋建瓴地说咱们兄弟沧海一声笑如何，那就太不着调了。司马炎想到人性化处理一下，拟让叔母诸葛妃请诸葛靓到家一叙（诸葛妃，是诸葛靓的姐姐，琅琊王司马伷的妃子，司马炎的叔母），而自己顺势与诸葛靓相逢一笑泯恩仇，大家已经是一家人了嘛。没想到诸葛靓正陪着姐姐聊天，看到晋武帝司马炎突然来了，马上离座逃避，情急之下七拐八拐地竟躲到厕所里，而司马炎呢，也不客气，闪转腾挪地竟追到厕所里。于是，两个幼年小伙伴别扭地站在厕所中，各自运着气，也各自憋着气，还是司马炎憋不住了，极尽温柔地轻声细语：

“阿靓啊，你还记得吗，我们幼时一起玩骑竹马的游戏？”诸葛靓背向而立，并不正面接话，而是语气坚决地幽然作答：“我恨自己无能，未能像豫让那样报仇雪恨，还要留着这张脸皮，今日复睹圣颜，实在是愧恨交加！”语毕哽咽，继而泪流满面。司马炎顿时明白，所有的仇恨都在，不可能拿着儿时的竹马之戏来安慰人家，说那是玩游戏的，大家都是过家家呢，可以哭过之后一笑置之，可以往事随风而今迈步从头越。……看着诸葛靓抽泣的背影，司马炎神色黯然，默默地退出了厕所（方正10）。

像诸葛靓这样与司马家族有世仇者不在少数，仕晋者有之，如嵇康的儿子嵇绍，而大部分则誓不仕晋，如王裒，他痛恨父亲被司马昭杀害，“未尝西向而坐，示不臣朝廷也”（《晋书》卷88《王裒传》）。这正如同诸葛靓居洛阳而“常背洛水而坐”，其意是“终身不向朝廷而坐”（《晋书》卷47《诸葛恢传》），因为西晋宫室坐落于洛水之北。诸葛靓就是以这“背洛水而坐”的姿态，宣告一种不合作的态度，虽然司马炎诚恳地拉他入群，但他坚决拒绝，誓不加入。

因私仇而坐不到一起的人并不是多数，很多人誓不入群并不像诸葛靓那样出于家仇私怨，而是激于道义，所谓道不同，不相为谋。比如管宁曾多次被举荐，曹丕派专车征召，他不理；朋友华歆官至司徒，愿意“称病乞退，让位于宁”，他也不理。他就是要清高避世，志不仕魏，始终不应召（《魏志·管宁传》）。据说管宁为了表示不与曹魏坐到一起的决心，“避居辽东，常带白帽，坐卧一楼，足不履地，终身不肯仕魏”（《三国演义》第66回）。

又比如范粲这个人，痛恨司马师把持朝政，废黜魏主曹芳，于是称病不上班。因为范粲位高有声望，司马氏拿他无可奈何（“以其时望，优容之”），但还是不断催促他上班，范粲干脆装疯不说话，“寝所乘车，足不履地”，而且这不说话不下车的高冷姿态一做就是三十六年，史书说他“太康六年（285）卒，时年八十四，不言三十六载，终于所寝之车”（《晋书》卷94《隐逸传》）。范粲坐卧一车，足不履司马氏统治的地盘，以示对司马氏篡权的抗议，以示与司马氏坐不到一起的态度。

范粲是原来在群的，坚决退群；管宁是面对邀请的，拒绝入群——你们玩你们的吧，我就是一个人想静静。这些名士珍惜自己的声誉，重视自己的操守，坚持自己的道义，面对一个群，退群毫不客气；面对一个人，拉黑也绝不手软。比如管宁与华歆割席，就是因为管宁鄙视华歆的为人，志不同，道不合，故割席分坐以示绝交（德行11）；比如嵇康与山涛绝交，就是因为他们本是竹林七贤这个群的（此群的政治倾向是亲曹魏），但山涛变节，自己加入了司马氏集团不算，还要出面拉嵇康入群，嵇康大为鄙夷，拒绝山涛的举荐，正式宣布绝交。（《晋书·山涛传》：“山涛将去选官，举康自代。康乃与涛书告绝。”另一种解释见《那些敢爱敢恨的名士们》。）

可见，名士们进退要有依据，要合乎道义，“进人以礼，退人以礼”（方正16），并非简单地拘泥于个人恩怨，并非奋指一抹、拉黑屏蔽这么简单的事。管宁要挥刀费力地割席分坐，嵇康要奋笔疾书两千字的《与山巨源绝交书》辨出个你我来，而和峤、荀勖二人因为坐不到一起，闹出的动静更大，给朝廷的公车制度造成了很大的麻烦。

和峤、荀勖二人在晋武帝时为同事，和为中书令，荀为中书监，按朝廷条例：监、令上下班共用一辆公车。二人初始也甚相得，公车先接上和峤，再接上荀勖，二人亲亲热热地结伴上下班，经常分享些段子、帖子啥的，但有一件事破坏了这友好祥和的气氛，友谊的小车说翻说翻。

话说晋武帝司马炎为立太子的事，颇为纠结。因为长子夭折了，按顺位继承人次序，次子司马衷成功上位，但这个儿子头脑有问题，是个不属于国家机密的痴呆。关于司马衷的痴呆，有些经典段子。当时国家发生大范围灾荒，百姓无粮可吃，饿死无数。司马衷听说后，感到很不理解，就问侍从：“他们没有粮食吃，那为何不吃肉糜呢？”（《晋书·惠帝纪》）还有一次，司马衷带着儿子司马遹，到晋武帝那里吃饭，吃了一半，司马衷突然发问：“爹，这是哪里来的孩子？”……当然，司马衷的痴呆，到底是天生的，抑或后天环境造成的，还可讨论，但事实就是他以超常的憨态可掬不断地刷出了存在感。在立为太子后，他还引得朝臣反复提出更换太子的动议，但杨皇后坚守太子应立长嫡的规矩，坚决不同意废掉亲生儿子；而晋武帝心里也不想更换继承人，因为朝臣们皆属意的人选是自己的同父同母弟弟司马攸。这使得司马炎纠结不断，犹豫不决，你们啰里八嗦的，不就是因为我儿子傻吗，那就走群众路线，成立个鉴定小组，于是他就叫来两个亲近大臣和峤、荀勖，说："太子近来见我，我觉得有些长进了，你们二位去找太子聊聊，看看是否如此。"二人考察一番回来了，向司马炎汇报。和峤这人雅正，如实鉴定，但话说得非常委婉："太子圣质如初，依然是那么淳朴天真。而世事多伪，像太子这样纯朴，难托重任，非四海之主，我忧虑太子承续不了陛下的大业。"还是人家荀勖了解领导的心思，对领导傻儿子的进步，马屁拍得惠风和畅："如陛下明鉴，太子明识弘新，德更进茂，果然大不同于已往了！"（方正9）于是司马炎很受用地选择了相信荀勖的鉴定报告，不再考虑更换太子了。

这件事让和峤看清了荀勖的奸滑之心、谄媚之态，他非常痛恨荀勖矫誉太子，祸国害民。第二天，当公车接上和峤又来到荀勖府门时，和峤取中正坐，腿堵车门，沉脸不语。荀勖一看，气氛不对啊，就甜兮兮地说："老和，我昨晚看到两个段子，老好笑了，等会儿给你讲讲。"和峤兀自腿堵车门，兀自沉脸不语。荀勖就嚷嚷了："老和，你让一下，我上去。

我还有个会呢，马上就要迟到了。”和峤不搭理，荀勖几次欲登车，奈何和峤堵在车门口。不得已，荀勖只好另外要求单位派车来接他上班。从此以后，监、令异车而行，各乘专车上下班（方正14）。就是因为和峤与荀勖的坐不到一起，引动了朝廷公车制度的变更，这给以后的公车改革造成了极大的障碍。

可见，能坐到一起的理由都是相似的，而坐不到一起的理由则各有各的不同。但既然绝交、断义这些事要闹出很大的动静，免不了麻烦，那么不如结交时就更加慎重些；既然拉黑一个人时绝不手软，那么不如结交一个人时力求谨慎。那个时候大家认朋交友的程序很复杂，并不像现在互联网加朋友圈这么操作简单。如果你要加人家为好友，就要亲自上门拜访，过过眼，过过嘴，看能不能看得顺眼，有没有共同语言，然后再决定能否过过心。你要是看不顺眼，可以抬屁股就走（方正66：“（张玄）因正坐敛衽，王建武孰视良久，不对。张大失望，便去。”），或者干脆不进门，扭头就走（简傲4：“吕安拜访嵇康，值康不在。康之兄嵇喜出门延之，吕安不入，在门上题‘鳳’字而离去。”繁体字“鳳”拆开是“凡鸟”，吕安实以此讥讽嵇喜）。但这定交可是个双向选择的事，如果你登门拜访，人家看不上你，也会不搭理你的。

前面我们说到谢家本非世族，在谢安立有功名之前，并不为江左大族所重，诸葛家不愿与之通婚，王家也不愿与之交游。即使谢安甫得盛名，亦被讥为新出门户，不被礼遇。有一次，谢安、谢万兄弟路过吴郡，弟弟想去拜访吴郡太守王恬（丞相王导的次子），哥哥估计到了形势，不愿去，于是谢万只身过访。老贵族根本看不起暴发户。一开始王恬不在府中，谢万枯坐等候。王恬下班回府后，谢万欠身而起，但王恬没搭理谢万，径自进内室，洗脸刷牙还洗头，“良久，乃沐头散发而出，亦不坐，仍据胡床，在中庭晒头，神气傲迈，了无相酬对意”，根本不愿与谢万坐到一起。王恬一边晾着自己的头发，一边晾着屋里枯坐的谢万。最后谢万实在受不了，灰溜溜地回去了（简傲12）。

可见，魏晋名士以志趣、品德相尚，并不会随便交友，以陷遇人不淑的窘境。这种风气肇始于东汉末年，当时的名士们就已经强调交友重视好尚与志趣了，因为社会上交游滥杂，随便地建群，随便地拉人，以壮声势，以博高名（朱穆《绝交论》、徐幹《中论·谴交》、蔡邕《正交论》等对此有述），于是，那些以操守道义相尚的名士们就有意矫正此风，不妄交游。延至魏晋，不妄交游在名士中已是一个名节标准了。这在夏侯玄身上表现得非常典型。

夏侯玄是魏初名士圈的旗舰式人物。论出身，他是曹魏皇族，因为曹操的父亲曹嵩本是夏侯氏之子，曹氏与夏侯氏属于同宗，而夏侯玄是夏侯尚之子，曹操侄孙曹爽的姑表兄弟。论相貌，他仪容俊美，风度翩翩，时人目之，“朗朗如日月之入怀”（容止4）。论才华，他是早期的玄学领袖，与当时另两位玄学家何晏、王弼齐名，开启了正始时期的一代玄学风气。就是这个人，明明拼出身就足够了，他却要拼完颜值又拼才华、拼完才华又拼工作能力（三十多岁时任征西将军，如果权力斗争成功，还能代替司马师成为大将军），一直在承受着他这个年纪不该有的美貌与智慧，大有走自己的路让别人无路可走之势。这样一位门第高华、才貌双全的名士，自然有好多人攀附，想拉他入群，加他为好友，但他择友甚严。

话说夏侯玄与陈本是志趣相投的朋友。有一天，夏侯玄赴陈本府上拜会其母，同坐宴饮。陈本之弟陈骞听说夏侯玄在自己家里，大喜，这可是加他为好友的绝佳机会，于是不顾正上着班早退扣奖金的风险，于是急匆匆地打车往家里赶，于是兴冲冲地到了正厅门前，意欲入座相谈。不料夏侯玄见他进门，马上起身，直言相告：“相与未致于此。”（我们的交情还没到这个份上吧。）这陈骞就大惑了，就不解了，这是我家啊，怎么会这个样子呢？夏侯玄追言一句：“可得同，不可得而杂。”意思是，我与陈本是同道，是朋友，但你我志向不同，不能因为我与你哥是朋友，就自然可以与你坐到一起了。陈骞就像被撤掉了草的驴，瞪眼干呕，当户伫立良久，乃趋而出（方正7，《太平御览》卷498引习凿齿《汉晋春秋》）。其来也冲冲，其去也匆匆。

夏侯玄之所以视陈骞为非类，是因为陈骞这个人阿谀奉承，滑稽轻佻，与他个性持重、正直敢言的哥哥不是一路人，夏侯玄当然视之不啻粪土了。对于志趣不同者，夏侯玄一向如此对待，取中走直，绝不犹豫，即使身处绝境亦不放松刻度。比如在司马氏集团清算曹爽一线势力时，忠于曹氏的夏侯玄最终不免，他被押送到廷尉钟毓处。钟毓、钟会兄弟是司马氏集团的核心人物，根本与夏侯玄不是同道，虽然钟氏兄弟一直想结交他，但夏侯玄因为志趣不同，始终不与之结交。钟氏兄弟认为你都这般处境了，我可以与你坐到一起聊聊了吧，钟毓还拉着夏侯玄的手，泪眼婆娑地说："太初何至于此?"（夏侯玄，字太初。）而夏侯玄则正色而答："钟君何得如是？虽复刑余之人，不可得交。"（方正6）夏侯玄即使身被刑拘，仍能坚持操守，珍惜声誉，不屈尊严，不求苟全。史书记述："玄格量弘济，临斩，颜色不异，举止自若。"（《三国志·魏志·夏侯玄传》）其刚劲高朗之风格，千载之下，犹有铿然昂然之生气。

这么快就把夏侯玄说死了，于心不忍，我们还是回到他年轻时候吧。夏侯玄二十来岁时应该没有这么高深的历练，难免会沾染上那个时代重门第的毛病，这一点就不如同宗的曹家了。比如人家曹操用人不看出身，唯才是举；婚姻也是不看门第，唯貌是娶。从曹操到曹丕再到曹叡，三代领导人选立正妻或皇后都不看门第，只要貌美就行，故而所立皆为出身低贱之人，历史上概之为"三世立贱"。比如魏明帝曹叡的毛皇后，其父毛嘉原是个“典虞车工”（典虞都尉手下造车、修车的工匠），因闺女嫁得好而暴得富贵。本来曹叡前面有一位妃子虞氏，出身高门，但未被立为皇后，很不高兴，婆婆皇太后出面安慰，她当然鄙夷与不爽了：“曹氏自好立贱，未有能以义举者也。”（《三国志·魏志·后妃传》）夏侯玄也是看不顺眼这“立贱”，倒并不是他只重门第，他也视门第比他低很多的陈本为同道、为朋友，而是毛氏家人的容止举动太猥琐了，但没办法，人家皇帝哥就只看脸蛋身材而不管风姿是否绰约。可是有一次，皇帝哥偏偏在一次小型宫廷宴会上，把其貌不扬的小舅子毛曾安排与他坐在一起。毛曾当然非常兴奋激动了，我熬了这么多年，终于可以与偶像大神坐在一起喝豆浆喝咖啡喝面疙瘩汤了。而夏侯玄则非常恼火，最受不了毛曾眼睛支楞着，手脚八叉着，浑身上下一身名牌，还净拣字母喷得到处都是的名牌，字母亮得恨不得通上电。夏侯玄非常不悦，对毛曾的鄙夷溢于形色。但毛曾可不管这些，愣是偷拍了几张合影，发到朋友圈，一片耀眼的点赞中，有句神评：“蒹葭倚玉树。”（芦苇靠着高贵的玉树。容止3。）

夏侯玄对毛曾虽然看不顺眼，但碍于皇帝哥的情面，在众人聚坐情况下，也只能让自己不高兴了，没有像对待陈骞那样直言拒绝，没有抬起屁股一走了之，或者憋出其他什么高冷大招来。这一点就不如杜预有狠劲。

杜预是西晋武帝时著名的将领和学者，征吴战争的统帅之一，但他自己几乎没啥武艺，属于不会游泳的游泳教练。史书上说他不会骑马，射箭的技术很糟，但每有军事活动，朝廷都要召他参谋规划，就是因为他明于治乱，善于用兵。（《晋书·杜预传》："预无伎艺之能，身不跨马，射不穿札，而每有大事，辄在将帅之限。"）但就是这样一个人，因为是罪人之子，出身贫贱，每每遭大族们鄙视。就在他任镇南将军而镇守襄阳时，名位尚未贵盛，一帮大族虽来拜会，仍是轻贱他，不屑与他连榻共坐。所谓连榻，就是多人共坐之榻，那就是一个群，大家在一起聊段子，看帖子，发自拍。大家正热乎着呢，杨济、羊琇两个人晃晃悠悠进来了，打眼一看，顿时不悦，是谁把杜预这小子拉到群里了："杜元凯乃复连榻坐客？"二人不坐而去（方正12、13）。当时有一个叫方镇的人，还想把杜预踢出群，让杜预一个人独榻而坐。杨济、羊琇二人是司马师、司马炎的外戚，自负名氏与才望，挟贵而骄，以门第的名义鄙视杜预。而杜预这时虽居重位，也拿这帮人没办法，还得小心对待，经常送点小礼物啥的甜乎着。人问其故，杜预无奈地说："吾但恐为害，不求为益也。"（我就是希望他们别在背后使坏，并不是指望他们给我啥好处。《晋书》卷34《杜预传》。）但在征吴战争之后，情况就大不同了，这时杜预因平吴之功而被晋爵当阳县侯，功名盖世。再有聚会Party啥的，杨济、羊琇这帮人就不再与杜预分坐了，算是想拉他入群了，但杜预并不领情，自己搬一独榻，置连榻之外独坐，不与众宾客连榻共坐。这哪里是来聚会找乐的，分明是专门来找别扭的，来煞风景、煞气氛的（方正13）。

《小王子》上有句话："所有的大人都曾经是小孩，虽然只有少数的人记得。"（All grown-ups were once children—although few of them remember it.）其实并非如此，大人的发脾气、闹情绪，并没啥长进的，还是小孩模样。

那些说走就走的名士们

说走就走，可能是所有人的口号，但却是少数人的目标，最终只能是个别人的行动。

那个“乘兴而来，兴尽而返”的王子猷，当时是住在山阴家中。雪夜无眠，凭窗四望，披衣徘徊，手持左思诗集，吟咏《招隐诗》，忽忆隐居于剡溪的朋友戴安道，即刻命舟驰访（任诞47）。……许多人羡慕的就是这种轻松劲儿，态度是轻松的，方式是轻松的，随心而动的是轻盈洒脱的步伐，随手放下的只是手中的那本诗集。

那个托疾夜奔的殷觊（《晋书》作殷颢），当时是荆州江陵的一个地方领导。初春天气，南国红豆发了几枝，殷大人的病也发作几天了，这里有身体的原因，也有心情的原因，天天要吃药，吃完药就一个人在院子里，散着药，散着步，也散着心情。一天晚上，月色溶溶夜，花木寂寂春，殷大人步月独行，走着走着，就排闼而出，走出后花园，越走越上劲儿，就走出了江陵城……一个孤单的背影，渐渐溶入苍茫的夜色中——没有再回来（德行41）。林冲的夜奔，是因为躲避追杀；红拂的夜奔，是为了追随情人；殷大人就是庸常的一次晚饭后散步，竟也悄无声息、毫无征兆地夜奔了。

王子猷说走就走，我们知道他心中有个念头，就是拜访朋友。而殷觊呢，真不知他月夜散步时想到了什么，就那么意色萧然地走进了茫茫夜色——我们不知道他除了穿越黑夜，还想穿越什么？不过呢，他肯定考虑了走的方向，这是每个说走就走的人都要考虑的问题。殷觊选择的是向外走，而更多的人则是选择向里走。走向哪里呢？首先就是家园。

张翰是西晋时的大名士，家住吴江（今苏州），因为声望隆重，就被齐王司马冏多次征召，羁宦于千里之外的洛阳。本来，多次被征召，张翰也没打算要应这个召，可是有一天，他正在苏州西郭门内的金昌亭里闲坐，看云看花看美女，突然一丝优美的琴声刮到耳朵里，遂振衣而起，循声至西郭门外的码头，见一人正在船中抚琴，其音清扬，其致高妙，一袭白衫，飘零又飘洒，在那个春日的午后，让张翰顿生向慕之心。张翰不禁相就寒暄，知是会稽名士贺循，立谈间，肝胆照，马上就相见恨晚了，便问："卿欲何往？"贺答："入洛赴任，正要出发。"张曰："我正好也要去洛阳，就搭你的船一起吧。"这船就往水遥天阔的地方出发了，家人找他回去吃饭，早就没影了（任诞22）。就这样子，张翰来到了洛阳。

可到了洛阳，人家贺循也不能天天与你聊天吧，人家是太子舍人，伺候太子的人，人家是有追求的。贺循已经不是那个春日午后的飘飘白衫了，张翰这才感觉到失落。张翰本来就为人旷达，放纵不拘，于此便多有退隐之意。夏去秋来，夜中不眠，听到了秋风穿梭于树叶间的沙沙声，也感受到了月光在窗前罗帐间的轻柔抚摸，张翰知道自己得走了。第二天，他就留下了一纸辞职信，很简洁：“我想念妈妈做的莼菜羹了，我要回家。”（识鉴10）张翰明确提出了自己说走就走的理由，就是想念家里的莼菜羹了。这格调至婉至柔，至情至真。你看，人家不谈理想，不谈向往，不谈胸怀，不谈情操。这比起回家养猪、世界很大这样的理由，简单不粗暴，撒娇不轻佻，亲切不做作。

当然，张翰说走就走的理由确实简单了点，但总比殷觊不着一字要强吧。殷觊的调调就是人之将走，爱说不说。不过，我觉得，既然是决定要走了，还是应该多说一些的，交代一下，感谢一下，对人生、对现实、对单位的看法都表达一下，理想也是可以谈谈的。反正是人之将走，想说就说吧。陶渊明这个家伙就是这样做的。

像张翰一样，陶渊明也是辞职回家，当时急着走，仓促间没有好好总结，给的理由是“不为五斗米折腰”，但他后来多次追写辞职书，比如《归园田居》《归去来辞》，反反复复就一个主题——我的理想：“我要像梦一样自由，回家种菜。”他说自己“少无适俗韵，性本爱丘山”，现在三十九岁了，要过一种诗酒田园的生活了。怎么做呢？两条：一是“开荒南野际，守拙归园田”，我就读书，弹琴，喝酒，散步，发呆，看云伸懒腰鸟倦飞（“引壶觞以自酌，眄庭柯以怡颜。倚南窗以寄傲，审容膝之易安。园日涉以成趣，门虽设而常关。策扶老以流憩，时矫首而遐观。云无心以出岫，鸟倦飞而知还”）；二是“请息交以绝游”，我要关闭朋友圈，别再指望我转发、评论、点赞了，我得忙着拔草浇水，还要和农民兄弟闲聊唠嗑，我也会自驾游玩摄影，但恕不分享了（“农人告余以春及，将有事于西畴。或命巾车，或棹孤舟。既窈窕以寻壑，亦崎岖而经丘。木欣欣以向荣，泉涓涓而始流”）。总之一句话：我要离开江湖，你们别想我。

诸位看看这些人的说走就走，真可称得上是乘兴而行，随心而动，适意又诗意。能写想写的，就多说点理由；不能写不想写的，就趁黑闷声来个私奔式的消失。姿态都是那么地轻盈，这轻盈，是着眼于他们的能放下，勇舍弃。

但如果着眼于他们希望抵达的目标来说，可能并不轻松。就拿张翰来说吧。他清楚自己被齐王司马冏多次征召，是因为他的名望。生逢乱世，这名望也不是什么好事儿，多少人因此被权贵瞄上，沾惹祸端。虽然很多人也明白生当乱世，唯名为大忌，既有四海之名而不知退，是很难全身远祸的。张翰在洛阳时就曾对朋友顾荣说：“天下纷纷未已，夫有四海之名者，求退良难。”（识鉴10刘孝标注）道理虽然明白，真做起来也难，多少人留恋于此，羁绊于此，不知退，不能退。后来这个齐王司马冏就叛乱事发，张翰则因为早已脱离而得以逃祸。所以，张翰说走就走的态度是轻松的，那是因为他踏准了节奏，虽然方式简单粗暴了点。

至于殷觊，面对的烦恼事更大。当时朝廷高层纷乱不定（东晋安帝隆安元年，公元397年），他的堂弟、荆州刺史殷仲堪结交权臣王恭（青、兖二州刺史）、桓玄（东晋名将桓温之子），想趁机起兵讨伐，以逞私欲，并多次密邀他入伙赞助。殷觊非常反对以兴兵讨伐的方式解决朝廷是非，认为咱们兄弟管好自己的一亩三分地即可，至于上层争斗，不宜参与。因为这种态度，殷仲堪的合伙人就想灭掉他，但殷仲堪念及兄弟之情，始终不许。当然殷觊也清楚自己的处境了，“进不敢同，退不敢异”，进退两难，左右失据，忧惧交加，致困于病。殷仲堪知道哥哥病重，也前来探望过，一为在兴兵闹革命之前来告个别，二是劝慰兄长安心休养，这时殷觊知已不可为，仍直言相告：“我病不过身死，但汝病在灭门。幸熟为虑，勿以我为念也。”（规箴23；《晋书》卷83《殷颉传》）如此看来，殷觊夜奔，他想穿越的并不是茫茫的夜色，而是心中纷扰无绪的忧惧。

所以说，这些名士们的说走就走，态度是轻松的，但心情是沉重的。要想走得洒脱，那可真得要洒掉些什么，脱掉些什么，才能“洒脱”的。可是，哪个人的说走就走，不是想追寻些什么，抵达些什么呢？至少是图个精神放松、心灵安宁吧。张翰真是为了要喝他妈的莼菜羹吗？那么，他千里驱车，回到家乡，喝上了妈妈做的莼菜羹，心里安宁了吗？我们不知道，他也没告诉我们。幸亏陶渊明愿意说得多点，我们也能够知道得多点。

陶渊明回到了家乡，“结庐在人境，而无车马喧”（《饮酒》其五），能采菊东篱下了，能悠然见南山了，自己也天天种菜，能喝上自己种的赖菜毛儿做的青菜汤了。可是，早年时的抱负与梦想，仍然时不时在睡梦中惊醒他。（《杂诗》其二：“气变悟时易，不眠知夕永。欲言无予和，挥杯劝孤影。日月掷人去，有志不获骋。念此怀悲凄，终晓不能静。”）看来，他还是没有得到预想的安宁。怎么办呢，还得走吗？这都走回到家里了，还能再往哪里走呢？此念一起，永困心间。当然，困惑归困惑，他也不闲着，远足，爬山，探险，“怀良辰以孤往，或植杖而耘耔。登东皋以舒啸，临清流而赋诗”（《归去来辞》）。蓦然之间，他走到了——“桃花源”。这是一个绝境，武陵渔人偶然得之，顿感豁然开朗。这也是能让陶渊明豁然开朗、怡然自乐的地方。而对于武陵太守和南阳刘子骥者，却不复得路，迷而难见，为何？因为他们另有所求，志不在此，终不得见。

这个桃花源在哪里呢？在陶渊明的心里。美景无限，唯他可见；仙境飘摇，唯他可到。这是专属于陶渊明的“桃花源”，只有他一个人才能走进去的心灵安宁之处。

所以啊，能够很好地安抚一颗说走就走的心灵，真不是一件容易的事。能够说走就走本就不容易，能够如愿地抵达目标就更不容易了。有多少人，走不了，达不到。

阮籍，竹林七贤之首，名高当世，与嵇康同是名士界的标杆性人物。不幸的是，他经常夜中不能寐，披衣起彷徨，但从来没能如愿地走成，现实中如此，心灵中亦如此。为什么呢？前面说过了，生当乱世，唯名为大忌。他被瞄上了，被定位了。那么，夜中不能寐，他做什么呢？这时，他一般会做两件事，要么是起坐弹鸣琴，要么是驱车登古原——都是想为自己寻找能走的路。

驱车登古原，“率意独驾，不由径路”（栖逸1刘孝标注）。他希望车子速度能再快些，这样就能够甩掉心中的烦恼和孤单。可是，无尽的烦恼和孤单，就像眼前无边的黑暗，吞噬着他，让他感到一阵阵的窒息，伴随着的，只有急速行驶的车子与黑暗摩擦着的尖锐的丝丝声……开着开着，不觉满脸泪水，眼前无路，只好恸哭而返。

起坐弹鸣琴吧，手挥五弦琴，目送归鸿去。可一遍遍地目送眼前的归鸿，自己却只能徘徊于这个烦恼地。想追随飞鸿，自己太沉重了，根本飞不了；想让飞鸿来到自己的心间，可里面太杂乱了，纠缠着无头无绪的苦闷、彷徨、愤懑、落寞、忧虑，根本没有飞翔的空间。如之奈何呢，“徘徊将何见？忧思独伤心”（《咏怀》其一）。看来，对于阮籍来说，眼前无路，心中亦无路。走不了，归不去。

为什么会这样呢？我们看看嵇康的命运就知道了。曹魏末年，由于司马昭的极权高压，“天下多故，名士少有全者”（《晋书》卷49《阮籍传》），有声望者更甚。因为司马昭虽意在篡权，但还是要粉饰遮羞的，用德行孝道标榜天下，用有声望的名士号召天下。在这种情况下，他征召你，你应不应召，就是一个政治的表态了。嵇康是真性情，又性格刚烈，他反感司马昭的虚伪、鄙俗，说不干就不干，拒不应召，而且言论上不与高层保持一致，经常妄议领导。对于他这样投反对票的，司马氏家族随便找个理由就把他灭掉了。

嵇康是真诚的，但好多人不敢这么真诚，也没有好的全身远祸之道，只好活成自己讨厌的样子。比如向秀，他是嵇康的好朋友，曾一块在大柳树下穿着大裤衩拉风箱打铁。就在嵇康被杀之后，他被征召出来做官，来到了洛阳，司马昭接见，笑着问他："闻君有归隐之志，何以在此呢?"向秀缓声而答："巢父、许由这样的狂傲狷介之士，不值得效法。"司马昭悠然地"哦"了一声（言语18）。向秀知道这笑里隐藏着怎样的得意与狰狞，这"哦"里包含着怎样的不屑与鄙视，也深知自己这话里纠结着多少的凄凉与酸楚。可这些，待与何人说，又谁人可知呢?

了解了这些，我们就能明白阮籍为何"夜中不能寐"，为何"忧思独伤心"了。他极度反感虚伪，也特别想真诚，可最终还是委曲求全，活成了自己讨厌的样子。所以，他无论如何地弹琴、吟诗、率意独驾，就是没能像王子猷那样说走就走。他有太多的现实羁绊了，也有太多的心灵羁绊了。所以，他在现实中找，找不到通达自由的道路；在心灵中找，也没有能抵达安宁的处所。

正是因为世人多有阮籍、向秀这样的无奈处境和酸楚心情，才会对王子猷的“乘兴而来，兴尽而返”感到无尽的羡慕与敬佩，即使身不能至，心不能至，仍然会向往之：“千古剡溪水，无穷名利舟。乘闲雪中兴，惟有一王猷。”（南宋王十朋《剡溪》）有人说王子猷的这个行为颇有禅意。什么禅意呢，一般人参不透。我想，可能就像禅意那样能起到棒喝之用吧，促使人若有所思，若有所悟，若有所叹。这可思、可悟、可叹的，不应是王子猷的乘兴而行，而是他在戴安道家门就在眼前时的转身而返。诸位想想看，那扇名利之门就在眼前了，可以轻松触碰到了，这个人却断然舍弃，这能不让那些鸢飞戾天者感慨万千，经纶世务者自惭形秽吗？所以，王子猷在戴安道门前的那个转身，就显得特别的拽，特别的帅，特别的洒脱。而张翰、殷觊、陶渊明都是有所避，有所求的。心中执念于避，纠结于求，那就没有王子猷那样的洒脱、随意、率性了。

令人感佩的是，虽然心情不免沉重，但这些名士们最终还是说走就走了，看上去，态度还是蛮轻松的，脚步还是蛮随意的。看似轻松，其实是感于外界的碾压，无力改变，而聚焦于自己内心的坚毅与决绝了；看似随意，其实是聚精会神，用力于自身的狠劲了，这种狠劲就是放下、走开、离去。

我们每个人都会有说走就走的冲动，为着一个人、一个物、一件事；一句诺言、一个梦想、一个情感……中心藏之，执着念之。但有谁能够果敢勇断地迈出脚步，毅然远行，穿越风雨之阻、山水之隔、时空之限，甚或生死之障……

望着他们飘然远行的背影，你会不会一时想起，自己就是前世的一个精灵，因为执念于说走就走而来到今世的呢，你的灵魂深处正伏卧着它兜兜转转了一世或几世的执念——给它一个圆满的果报吧，不要再让它背负此念，辗转下一世了。

那些敢爱敢恨的名士们

敢爱敢恨，说起来是很痛快的事，做起来可未必能那么成色单一，界限分明，恨，可能装饰着炫目的爱；爱，可能包裹着切齿的恨。当然无论如何，敢爱敢恨都是需要勇气的，还要有胆识，有智慧。勇气决定了力度，胆识决定了方式，智慧决定了姿态，显于外、隐于内的成色如何、绘饰如何，则要看对手或搭戏的人是谁了，而其中三昧，当局者是清是迷，都会有自己的现实选择和考量。

嵇康爱憎分明，好说敢说，按他的话讲就是“刚肠疾恶，轻肆直言，遇事便发”（《与山巨源绝交书》）。他说这话时的情况是，司马昭之心，路人皆知，可路人都不说。比如阮籍这样的青年领袖，就嘴巴紧不说，即使说也是发言玄远，不给“有心人”提供合乎需求的阐释空间。但同样是青年领袖，嵇康就以仁义是非为己任，认为自己有责任站出来，以示担当，以示道义。司马昭除了杀掉他，没有其他办法让他闭嘴。公元262年，嵇康被杀于洛阳东市，时年三十九岁。

嵇康在临刑时，已经按照他的人生原则完成了他的责任和担当，此时他还要做一件重要的事，就是把十岁的儿子嵇绍托付给山涛（字巨源）。此举令人困惑，因为嵇康两年前即写了一封公开信《与山巨源绝交书》，把“司马昭之心”撕扯了一番，他于此临刑，也与这封公开信直接相关。嵇康果然风姿特异，不同寻常，他前面公开与山涛绝交，现在又郑重向山涛托孤，这其中的爱恨如此鲜明却又如此缠绕。

山涛的年龄要比嵇康大近二十岁，他对嵇康非常欣赏，赞其风姿秀异，“岩岩若孤松之独立”（容止5），二人一见相识，“契若金兰”，情谊深厚（贤媛11），但二人的处世风格和应事方式又截然不同。当时世道动乱，大家都感叹天下纷纷，有四海之名者，求退良难，能全身而退很是不易，可山涛基本上都是在全身而进，却从无祸患之忧；那时人们普遍四五十即已过世，而山涛却能享受天年七十九岁，这不但需要处世之智，亦需要养生之道，就中可见山涛的过人之处。这些应该是他身居吏部选官之职所锻炼出来的生存能力吧。他颇有识人之能，举荐官员从无差错（政事7）；亦有度事之智，曾对妻子谈到他与嵇康的大不同，就在于自己的“识度”（贤媛11）。而他能如此识人心、识时务，更与他的性格有关。山涛为人深沉不露，守默少言，其见识让人感叹“深不可测”（识鉴4刘孝标注），其行藏让人感叹“如登山临下，幽然深远”（赏誉8）。他不轻议人事，不坦露内心，不显示真面，城府深隐，几无形迹可求，一句话就是“无所标明”（赏誉10刘孝标注）。

与山涛的“无所标明”不同，嵇康是“处处标明”——好为议论，不识人情，不善通融，“刚肠疾恶，轻肆直言，遇事便发”，尤其是说话偏激不慎重，还顶撞领导，领导抬谁，他就贬谁；领导夸谁，他就黑谁，“每非汤武而薄周孔”。除了个性刚直狂傲，他的生活习惯也非常不好，常常是半个月不洗头不洗脸，膀胱憋得要爆炸了才去小便，好睡懒觉从不锻炼，年纪轻轻的就肌肉肥软，皮肤松弛，骨质疏松，急需补钙。他也知道自己不如山涛那样温和宽厚，做不到阮籍那样“口不论人过”，所以才招致了祸端（嵇康《与山巨源绝交书》）。他临刑前把儿子托付给山涛，这是对儿子深深的爱，也是对山涛深深的信任。他确信山涛有能力照顾好嵇绍，也确信山涛能尽到一个父亲的责任，所以他临刑前无限深情地告诉儿子：“巨源在，汝不孤矣。”（《晋书·山涛传》）

对于嵇康的临刑托孤，山涛当然知道嵇康的用意是什么，这是挚友相知的一种默契，无需多言，无需辩白，就像当年他知道嵇康那封“绝交书”的用意是什么（事实上，嵇康写给山涛的书信并无绝交之意，二人亦无绝交之事。后人附会的这个“绝交书”之名的存在，并无损于二人并未绝交的事实，倒更能塑造出嵇康刚直狂傲的性格，更能体现出二人情谊之深厚，相知之默契）。所以，他会按照自己的方式来照顾、培养嵇绍，让他现世安稳。

他把嵇绍照顾得很好，小伙子长得英俊帅气，“卓卓如野鹤之在鸡群”（容止11）；又在嵇绍二十八岁时举荐他为秘书丞。有人认为山涛推荐嵇绍在杀父仇人的朝中为官，此举不义，亦陷嵇绍于不义。嵇绍虑及此议，就很犹豫，山涛则给与鼓励："为君思之久矣。天地四时，犹有消息，而况人乎?"（政事8）意思是说，人之屈伸进退，当与时相应，因时而动，不可执于一端而不知变通。至于坚持个人的原则立场，不与时屈伸，不随世俯仰，那是嵇康的处世应对原则。但是，就在嵇康托孤于山涛的那一刻开始，就表明嵇康是不愿让儿子像他那样张扬激越、刚直任性、不合时宜的，而是希望儿子能现世安稳、不履险途。

山涛尽心于亡友临终托孤的重任，那就按照自己的原则和方式让亡友的儿子活下去，活得安稳，这是属于他与嵇康二人之间的默契。山涛举荐并劝说嵇绍出仕，即是为嵇绍谋求一个更好的前程，以求安身立命，不要因为父辈的恩怨搞坏了自己的生活环境。这是他照顾嵇绍安全、健康地长大成人后所要考虑的事情，尤其是在他已经七十五岁高龄的时候。山涛的所虑所为，无愧于亡友的托孤之谊，也当得起嵇康的临终托付。至于他与嵇康之间的这种默契，当年嵇康活着的时候，山涛不用辩白；现在嵇康不在人世了，山涛更无需辩白。好多人叹息嵇康的死去，《广陵散》成为绝响，一代风流成为绝响，而对于山涛个人来说，"郢人逝矣，谁与尽言"（嵇康《赠秀才入军》其十四），他与嵇康二人间那种郢人、匠石般的默契也成为了绝响。

知己默契，无须费言。但若彼此并无相知默契，而自己又深隐过甚，不加明言，那些爱恨表达就会引起无法化解的误会。

晋元帝永昌元年（322）正月，王敦以讨刘隗为名，于武昌起兵作乱。在京城建康，王导（王敦的堂弟）天天率领同族子弟二十余人，到朝廷外跪地谢罪，请求宽恕（言语37）。刘隗就劝元帝悉诛王导之族，一时群僚忧虑不宁，担心局势失控。周顗（字伯仁）更是忧虑，急迫求见元帝，陈述其中利害，一是王导及同宗众人皆有名望，二是诛杀王导，会进一步逼迫王敦作乱。王导见周伯仁心急火燎地走过来，就忧心忡忡地呼喊："百口委卿！"（王家全族一百多口人就托付你了。）然而周伯仁照直走过，不作回应。但他见到元帝后，慷慨陈词，晓以利害，苦相存救，终于说服了元帝，赦免王导宗族。周伯仁大悦，工作餐上畅快饮酒，喝得醉醺醺的就出来了，看到王导一干人还跪在那里，也不搭理，径直对着同事吆吆喝喝："今年杀诸贼奴，当取金印如斗大系肘后。"而始终未透露内中苦心相救之事（尤悔6）。

周伯仁于王导一事申救甚切，却从不告之原委，是考虑到王导与元帝的良好君臣关系（宠礼1）。晋室南渡之初，王导率家族子弟协赞中兴，元帝亦推心托付，君臣同甘共苦，相与奋起于艰难颠沛之中。今若以王敦一人乱，而致元帝与王导君臣相互猜疑，这对朝廷与时局皆大为不利。周伯仁如此曲意作为，是为了显示赦免王导之意乃尽出于元帝，而非出于己（参考南宋施德操《北窗炙輠录》卷上）。

周伯仁此人贤能正直，气量宏大，于此深思远虑之处可见一斑。此外，周伯仁这个人还长得高大英俊、神采秀异，性情刚正不阿、洒脱不羁，有其母当年只身拎刀宰猪的强大气势（详见《名士婚姻的美丽与哀愁》），再加上少有重名，自有镇物慑人之威仪。比如王敦这个人虽然强横傲狠，酒席上石崇曾为了劝他喝酒而连斩三位劝酒美人，他都不为所动（汰侈1。详见《名士相见斗什么——斗富》），但他年轻时就非常害怕周伯仁，每次见到周伯仁，就面颊发烫，浑身躁热，即使冬天亦扇面不止（品藻12）。当然现在他能兴兵犯上，自然也就本领见长，胆儿见肥了，朝廷军队也被他轻松击溃了。刘隗带着全家及亲信二百余人跑到国外寻求政治避难去了，同事们考虑到周伯仁名望太高，又曾亲率王师抵抗王敦，也力劝周伯仁外逃，稍避其锋。但周伯仁断然拒绝外逃："吾备位大臣，朝廷倾挠，岂可草间求活，投身胡虏邪?"也拒绝躲避，而是毅然赴石头城去见王敦。王敦有些得意，也有些嚣张，语带嘲讽："近日战有余力不?"周伯仁毫不示弱："恨力不足，岂有余邪?"王敦又厉声责问："你为何要辜负我的期望?"周伯仁直接反击："公戎车犯正，下官亲率六军以保社稷。可惜王师不振，战事失利，确实有负你对我的期望。"（方正33）其临难不屈，义正词严，毫无惭惧之色。

其实，王敦还是挺敬重周伯仁的，虽然他比周还大三岁，但在他成长过程中一直暗暗地以周为标杆——年轻时见到周就胆虚脸热，后来不这样了，他很是得意："不知是我进步了呢，还是伯仁退步了？"（品藻12）即使在周死后，他还会不失时机地标榜二人的友谊："我与周，洛下相遇，一见倾心。"（尤悔8）但现在（永昌元年三月），关于周伯仁的处置，王敦曾问王导："周伯仁可为三公不？"王导不答。又问："若不为三公，可为尚书令不？"王导又不答。再问："如此，唯当杀之耳？"王导还是默然不应（尤悔6）。王导认为周伯仁身为朋友，未能在他身处危难时鼎力相救，心衔怨恨，一直耿耿于怀。

对于周伯仁的无罪被诛，时人多有激愤，他的二弟周嵩更是愤怒，在大哥葬礼上看到王敦竟还好意思派人来吊丧，就破口大骂："亡兄是天下有义人，竟为天下无义人所杀，复何所吊？"（方正26刘孝标注）

其实，周嵩与其兄皆是正气凛然、敢爱敢恨之人，但表达方式迥异。周伯仁宽厚，深隐曲折，而周嵩则傲狠，刚猛彪悍，情绪表达粗犷奔放，取中走直，简单直接，不遮掩，不变通，给人的感觉就是性格不好，脾气很坏。别人的情绪表达一般是爱之深而恨之切，但他表现出来的情绪就是单纯的"恨之切"，而且发挥灵动，路数怪异，马猴性子说崩说崩，而且还总是能找到让他气愤发脾气的情绪点，即便对自己的亲兄弟也是如此。

比如三弟周谟要赴任晋陵太守，两位哥哥来送行。周谟念及兄弟分别，山长水阔，心中难过，不禁涕泗横流，"执手相看泪眼，竟无语凝噎”。周嵩一下子就不高兴了：“有话你就说，干吗叽叽歪歪的，拽着我老是哭。哭个屁啊——”一甩手，走了，完全不按剧本走，把这个周谟闪得天旋地转、头晕目眩，猛然间不知道自己的情绪该走向何方，一下子抱着大哥哇哇大哭（方正26）。

周嵩对弟弟不留情面，对大哥周伯仁更是如此，经常性地爱恨转换就在一瞬间，爱恨发作就在一念间。有一次兄弟喝酒，周嵩又喝多了，可能又是看不惯大哥长得太帅了，怒目而视：“你才华不如我，而能横得重名，还有天理吗?”越说越气，激愤难当，绰起桌上的蜡烛就扔过去了，周伯仁又是很帅地侧身躲过，以“仰手接飞猱，俯身散马蹄”的闪电腾挪手，轻松回收了二弟发射过来的远程轻型火箭，然后很有节制地作出表态：“阿奴怎么这次改用火攻了呢？此为下策。”（雅量21）世称周伯仁深达危乱，气量宏大，能处变不惊，善于应对，那是因为他被这样的弟弟长期魔鬼训练的结果，而且人家兄弟俩的操练真可谓不分场合，不舍昼夜。

当然，周嵩这种不按剧本、从不配合的情感表达方式，是长期的、一贯的。更要命的是，他都已经卓绝到天外飞仙的境界了，是出人意外还是出人意内，完全无法预料，即使你知道他的脾性，时刻提防，也琢磨不出他的路数。话说大哥周伯仁做吏部尚书时，有一次在单位值夜班，半夜突发疾病，情况危急，幸亏同事尚书令刁协尽心尽力救治，度过了危险期。凌晨报与家人，周嵩急忙赶来探视，刚踏入房门，刁协就迎上来，欢呼雀跃地备诉昨夜危急之状，讲到自己如何尽力救治之苦，感动得自己涕泪横流。而周嵩呢，不但不配合刁协的高昂情绪，还在刁协准备再把情绪提升一个档位之时，猛然拔掉油门，一道霹雳掌，一记窝心脚，瞬间就把刁协定位到门框边。刁协溜着门框就摊在那儿了，由于自己的情绪运行轨迹被强势变更，自己的情感抒发方向被瞬时扭转，刹那间恍惚得难以名状，如梦亦如幻，如露亦如电，如痴亦如醉，他不知道这个世界能不能变好，反正他自己肯定是变得非常不好了。再看周嵩，直接跨到大哥病床前，也不顾自己的初心，也不问大哥的死活，就厉声质问："你在朝中，与和峤齐名，怎么会与刁协这样的奸佞小人腻乎在一起呢？"（此语意指刁协一味奉承上意，不问是非。相关记述见方正23。）然后愤然离去（方正27）。面对卧榻之侧的这番风雷大作，周伯仁自是躺在床上岿然不动，不发一言——反正他也是病得说不了、动不了。……看来，对于锻炼大哥气量宏大、处变不惊的能力这件事，周嵩是不会放过任何一个机会的。

当然，周嵩也清楚自己的性格弱点，也知道自己的爱恨表达方式过于怪异尖刻，不圆融，不常规。实际上，他这个人还是挺有见识的，决不是楞头青式的瞎闹。当年遭逢永嘉之乱，周家也与许多北方大族一样，避乱江东。冬至日家庭聚餐，母亲很是感慨："我本来以为渡江后托身无所，幸亏周家祖宗保佑，三个儿子都还在身边，我还有什么担心的呢！”没想到，周嵩跪在妈妈面前就泪流不止，说“娘啊，就怕并非如阿母所言”，因为他预测到兄弟们以后将难以像今天这样承欢于母亲膝前：“伯仁为人志大而才短，名重而识暗，好乘人之弊，此非自全之道。嵩性情狂直，亦不容于世。唯三弟碌碌无能，当在阿母目下耳。”（识鉴14）周嵩这一番话，没有一句是好听的，说得四个人都不高兴。但这就是周嵩的说话风格。

他认为大哥周伯仁太正直了，有见识但也糊涂——有见识意指周伯仁能看到世道的阴暗和缺陷，为人糊涂则意指周伯仁“好乘人之弊”，就是喜欢撂开人家的阴暗和缺陷，专拣人家不爱听的说。周嵩这话其实没说错，比如有一次晋元帝与诸臣饮酒，欣然赞叹：“今名臣共集，何如尧、舜？”这酒桌上大家醉意醺醺的，说点好听的其乐融融就行了呗，可周伯仁却接过来厉声说：“今虽同人主，复那得等于圣治？”意思是说虽然您与尧舜同是君主了，但怎么能称得上是圣治呢。这话把元帝气疯了，大怒，当即回到办公室找纸找笔，亲自写诏书，罪状列了好几张纸，就要把他捆起来砍了（方正30）。仔细想来，周嵩评论大哥的那些话虽然说的不好听，其实一方面是痛恨大哥为人太正直，一方面又担心大哥处世太危险，同时也是为大哥与自己悲伤，感叹耿介之士难容于世。尤其是自己性格狂直，不懂圆融，不讲人情，不善处世，说话做事不为自己的安危考虑，动辄得罪人，此皆非自全之道。倒是三弟周谟这样的人，平庸无能，宽厚软弱，还能频居显职，得以善终。

周嵩自责他这种敢爱敢恨的人性格不好，处世不周，但相对于那些看似忠厚守则的老实人来说，敢爱敢恨的人遇事善恶分明，发言慷慨，决不缩头缩脑，息事宁人，倒是更有担当，更为可靠。因为他们处世虑事不会因人而施，因人而变，而是能很稳定地据自己的标准而为，按自己的原则而动。比如强臣欺主情况下的王彬、王坦之二人。

公元324年，王敦叛乱失败，自己病死，部从四散逃亡。王含是王敦的兄长，叛军的元帅。王应是王含的儿子，过继给了王敦，并被指定为继承人。二人分别位居朝廷追逃名单的头牌和二牌，但在考虑投奔去向时，父子俩发生了争执。王应欲投江州刺史王彬，王含欲投荆州刺史王舒，此二人皆为王氏同宗。王含就对儿子分析道："王敦一直与王彬不和，你怎么想投奔他呢？而王舒则蒙王敦恩惠，情谊不薄，可以投奔。"

应该说王含的分析合乎常理，他们这里说的江州刺史王彬确实正直豪爽，多次反对、指斥王敦的兴兵叛乱，尤其是王敦诛杀周伯仁那次，几乎闹崩。当时，周伯仁遇害，王彬因为与伯仁友善，便前往哭吊，甚恸。随后又来见王敦，王敦就问他何以面有惨容。彬答："刚刚哭吊过周伯仁，情不能已。”王敦怒曰：“那是他自找的，不值得你悲伤，你复何为者哉?”彬曰：“伯仁清誉之士，有何罪?”遂悲愤难忍，起身痛斥：“你兴兵犯上，杀戮忠良，谋图不轨，祸及门户!”辞气慷慨，声泪俱下。王敦勃然大怒，厉声曰：“你狂悖至此，你认为我不敢杀你吗?”王导站在旁边替王彬害怕，急劝王彬跪地道歉。彬曰：“我有足疾，这次来京，见天子尚不能拜，何跪之有？再说了，我也没有什么可道歉的!”王敦这几天杀人太多了，盛气奋言：“你是脚有病，还是脖子有病？难道脚痛能比得上脖子痛吗?”彬意气自若，殊无惧容。王敦终因他是自己的堂弟而未加伤害。

但对于父亲的分析，王应认为这才是他们应该投奔王彬的原因。当王敦得志骄横之时，王彬敢于当面顶撞，历数其罪，坚持道义，此非常人所能为，那么他在看到咱们遇难逃亡之时，也应当会心生恻隐而敢于援手相助的。至于王舒，虽曾受惠于王敦，也依附于王敦，但此人严遵法度，想想他被任命为会稽内史之时，只因父亲名叫“王会”而上表不便赴任，即使朝廷指出二者字同音异、于礼无嫌时，仍坚持乞换他郡任职，这样的人必不会做出超越规则、出人意外之事的，怎么能指望他会收留被朝廷追逃的叛逆之人呢？……但王含决意要投奔荆州刺史王舒，父子二人遂驾船夜奔荆州。王舒听闻，竟遣军堵截，并为了显示自己清白，显示大义灭亲，逼迫王含父子沉江自杀。而王彬听闻二人意欲投奔自己，则早就暗中派船等候接应，及闻二人夜奔王舒又沉江自杀，深以为恨（识鉴15）。

至于王坦之所要面对的桓温，则是王敦之后出现的又一个欺君凌主的强臣。桓温权势如烈焰冲天，废除海西王，拥立简文帝，并借废立之际残酷清除异己，加班加点，日夜不息。话说他又与首席谋士郗超加了个夜班，列出了被他视为前行障碍的一长串谋逆名单。由于兴奋得夜里没睡着，一大早就把谢安、王坦之招到办公室，把这份名单摔在办公桌上。谢、王二人都知道，这份名单一旦出了这房间，将又是一场血雨腥风，多少家要遭灭族，多少人要被连坐，多少人要被流放。看着这份名单，谢安一言不发，沉默不语——此人一贯是淡定自若的，无论怎么波浪汹涌，他自有宽广胸襟把它摊平了，自有一种“溟涨无端倪，虚舟有超越”的从容。而王坦之则胸中丘壑纵深，波浪涌来，肯定要涛声骤起，水浪滔天——他绰起名单就直接摔到办公桌上，说了一个字：“多。”桓温只好取笔删减其数（雅量27）。

王坦之遇事敢为，决不畏缩，与谢安一起抗衡着桓温的威权，阻止他的肆意妄为，尤其是在简文帝软弱的时候，王坦之的敢作敢当、敢爱敢恨确实扭转了局势。那个简文帝虽得桓温拥立，但也受制于桓温，几乎成了他残杀异己、妄逞私欲的工具。简文帝登基之初，桓温就支使弟弟桓祕逼迫新蔡王司马晃，坦白自己参加了谋反组织，然后供认出一长串名单，简文帝听着难受得鼻酸眼热，对着司马晃流泪不止，这些可都是平常一起玩耍的兄弟朋友，怎么全成了谋逆分子了呢？所以，简文帝自己也整天担惊受怕着，不知道哪一天就被桓温废掉，流放边鄙。这一厚重的心理阴影，吞噬了他生活中所有的阳光，天地间所有的怪异现象，都会让他觉得是自己将要被废的不祥征兆。比如看到“荧惑入太微”（火星运行的一种天象），简文帝就心神不安了，因为此天象兆帝位不安，于是他多方求助，基本上把当时江湖上能找到的法术，市面上正流行的技艺，刷了一个遍，以求禳灾避祸（言语59）。

但桓温是不屑于借助星象来行事的，而是直接要求简文帝把皇位禅让给他。简文帝这皇帝当得整天忧愤抑郁，第二年就病重卧床不起，遗诏让大司马桓温“依周公居摄故事”，就是让桓温暂行天子职权。王坦之知道后大怒，拎着诏书闯到简文帝床前，一把就撕碎了。简文帝无奈哀叹：“天下，傥来之运，卿何所嫌！”意思是说，这天下，我也是意外得来的，你又何必满腹怨气，如此不甘呢。王坦之正色反击：“这天下，也是宣、元之天下（宣，指晋宣帝司马懿；元，指晋元帝司马睿），陛下何以独断专行、自作主张呢？”简文帝无言以对，就让王坦之把这诏书改为令桓温仿效诸葛亮和王导之例来辅政。是日，帝崩（《资治通鉴·晋纪二十五》）。

那些敢爱敢恨的人正直刚烈，倔强得让人感到安稳可靠，他们做事有自己的原则和底线，不会视对手是谁、对象是谁而改变。他们不会像刁协那样崇上抑下，对强力一味奉迎，不问是非，难以让人信任；也不会像王舒那样处世原则因人而异，应势而变，先有趋炎附势之行，后有落井下石之举，遇事应对名为守则，实为自保，难以让人托付。而像周伯仁、周嵩、王彬、王坦之这样的人，性格刚直，识量宏大，虽然行事的动作幅度颇为大开大合，爱恨的表达方式很是纵横捭阖，但原则和底线始终如一，不会以其人强盛而趋炎附势，也不会因其人败亡而落井下石，尤其是在关键时刻，能制衡邪恶，扭转局面。这要比那些老好人、滥好人能指望得上，能依靠得住。他们的敢于担当，敢于承受，安稳得让人放心，让人感到丈量道义人心的标尺还在起着作用，让人对这个世界前行的方向充满着期待，让人每当夜中不能寐时，还能甘愿沉浸黑夜，忍耐忧伤，以待天明。

如何配合着玩出名士风度

魏晋名士崇尚任性自适，率真自放，其高蹈之致令当时人追慕、后世人向往。它的一些规定性动作比如喝酒、服药、裸体等等，是比较大众的，还有小众的如“濯脚于稠众”、“溲便于人前”（《抱朴子·刺骄篇》），关键是这班人无论做什么，都要旁若无人，气定神闲，无喜无悲，无怒无愧，简单地说就是要淡定，而且要非常地淡定。但这些风度若要能发挥出来，能玩得高妙有致，也并非易事。因为这“风度”前面还连着个“魏晋”呐，就是说要有“魏晋”这个环境以及其中一帮人的配合，才能“风度”起来，否则就会自取其辱，自讨没趣。

举个得到配合的例子。《任诞篇》第25条说周顗“秽杂无检节”，怎么个“秽杂”法呢？刘孝标引述了《晋纪》中的一件事。话说周顗、王导一帮官员来到尚书纪瞻家里观伎，纪瞻有一爱妾，模样美又歌声美，这个周大人竟然想在大庭广众之中勾搭人家，关键是勾搭的方式比较冷门，既不是吟诗弹琴，也不是展示财货，而是“露其丑秽”。这个要比刘伶狠，刘伶“裸形在屋中”，那是在自己家里，可周大人却是在别人家里。关键的一点是周大人放此大招时的表情，“颜无怍色”

（淡定得毫无愧色）。不知纪瞻爱妾有没有受到惊吓，反正有些旁观者吃惊不小，实在理解不了周大人这"露阴癖"的高妙，就奏请免他的官职，或者把他收到监狱里，精神病院里也行啊。然而，另有一帮人还是颇为赞赏周大人的这种任性的，最后的结果是"诏特原之"。这不得不让人感叹，周大人生逢其时啊，有那么个环境，那么多伙伴能配合着他的"任性"。

周顗这个魏晋风度的动作确实有些糙了，再举个雅致的吧。《任诞篇》第49条，王徽之、桓伊皆为显贵，虽互不相识，但彼此知道大名。一次，王徽之泊舟清溪，恰逢桓伊车行于岸上，被王的随从认出，王便使人通话："闻君善吹笛，试为我一奏。"桓便下车，据胡床，取笛三弄，然后登车，飘然离去。关键是整个过程"客主不交一言"。设想一下当时曲终人散的情景，王徽之仍是静心聆听的姿态，桓伊已是拎笛远去的背影，只有散落在空中的悠扬笛声，在震荡着风儿轻轻地吹，花儿微微地笑，水儿盈盈地晃……两个人配合得多好啊，不出一言，尽得风流。何其洒脱，何其高妙，堪称绝世知音级配合的典范。

所以说，名士们设计的展示魏晋风度的奇异动作，是需要有人予以配合，才能得到有效有益的发挥，否则，遇到一个猪一样的对手，肯定就穿帮砸锅了。当时的一些名士也知道这个道理，所以玩风度的时候就会注意对手的选择。魏晋风度的那些大众小众的动作，都是"恣情任性，自放于礼法之外”的，如果遇到那些较真礼法的人，这些风度就玩不出来了，或者说不敢玩了。比如高坐道人性情高简，他在丞相王导面前，经常是“偃卧其侧”，自由散漫，不拘礼法，但一看到尚书令卞壸来了，马上就肃然改容，恭敬端庄起来（简傲7）。可见，他与丞相王导搭配能玩一些不拘礼法的风度，但遇到卞壸这样的以礼法自居的人，就玩不起来了。这说明名士们也是懂得礼法的，也知道什么时候才可以恣情任性，去发挥一下高妙有致的风度。

但有些名士自视甚高，却功力不济，气场不够，就想着按自己的设想来玩，而没有考虑到对手是否愿意配合，最终往往是自讨没趣了。这有两种情况，一是这个对手懂得怎么玩，但就是故意不配合；二是这个对手根本不懂得怎么玩，自然也就无法配合了。

先看前一种情况。嵇康、阮籍都是当时标杆性的名士，追慕者众，钟会这个显贵公子即为其一，于是他组了个团，乘肥衣轻，宾从如云，挺豪华的，来拜访嵇康，希望来一个主客谈笑风生的高端雅集。但是，嵇康在干吗呢？他在家门口大柳树下甩开膀子锻铁，好朋友向秀在呼哧呼哧地拉着风箱。钟会来了，“康扬槌不辍，旁若无人，移时不交一言”。嵇康就是不配合钟会设想的高端雅集，应该说主客双方都有不好的情绪在酝酿。本来，这个游戏到“钟起去”时，还是不错的，毕竟主客“不交一言”，彼此没有拆穿说破。可最后还是憋不住了，嵇康问：“何所闻而来，何所见而去？”钟会答：“闻所闻而来，见所见而去。”（简傲3）这一出口，各自的情绪就出来了，境界全无，彻底破掉了钟会设想的来时杨柳拂面、去时云霞满袖的美妙氛围。

又一个例子是谢万见王恬。王恬是丞相王导的次子，出身世族，属于贵游子弟，而谢安、谢万属于新兴门户。谢万以名士自居，经过吴郡时，就去造访吴郡太守王恬，也是希望来一个主客谈笑风生、相见甚欢的高端雅集。但老贵族们看不起暴发户，谢万没有得到王恬的配合。怎么个情景呢？一开始王恬不在府中，谢万坐等。王恬回府后，并没有搭理谢万，而是径自进内室，“良久，乃沐头散发而出，亦不坐，仍据胡床，在中庭晒头，神气傲迈，了无相酬对意”（简傲12）。最后还是谢万定力不够，灰溜溜地回去了。本来，谢万想结交一下名头响的人，以展示一下自己的风度，提升一下自己的品位，但王恬根本不配合他，没玩起来。

再看后一种情况。魏晋名士追慕阮籍、嵇康的傲俗自放，但有些人“不量其材非傲生之匹”（《抱朴子·刺骄篇》），“无骨鲠而好随俗”，强为放达（《抱朴子·疾谬篇》），所以一些展示名士风度的动作就没有内涵，徒有其表，只是为了个性纵恣而已。比如当时有这样的风气，一群人叫嚣瀿突，“入他堂室，观人妇女，指玷修短，评论美丑”；如果有人阻挡，还被指责是不通达，不解风情。其实这种作派真的很难让人通达，因为这伙人“入他堂室”时，多是不走寻常路，“犯门折关，逾垝穿隙，有似抄劫之至也”，甚者趁机揩油，遇到人家姑娘媳妇躲避不及的，就要拉拉扯扯（《抱朴子·疾谬篇》）。王献之、王徽之兄弟也会使这一招，忽拉拉一帮人不请自到地闯到人家里，好在不是去赏评姑娘，而是去赏评园林、竹子，这确实比那班赏评姑娘的人要有品味，说明王家的家风不错。

王献之到苏州，听说顾辟疆家有名园，可是他与顾并无交往，就突然闯到顾的家里，还是连轿子带随从的忽拉拉一帮人，如入无人之境。当时顾家正有活动，“方集宾友酣燕”，而“王游历既毕，指麾好恶，旁若无人”。本来，王公子在顾家园子中指点评赏一番，就可以挥一挥衣袖，不带走一片云彩了。可是，顾辟疆领会不了这种风度，也不配合王献之的这种洒脱秀，勃然大怒：“傲主人，非礼也；以贵骄人，非道也。失此二者，不足齿人，伧耳！”（简傲17）命令家人把王公子的左右驱逐出门，只剩下王公子一人坐在轿子上，如同被撤了草的驴子一样，傻愣愣地戳在那儿，气场全无，意趣全无。本来，这帮名士恣情任性，是自放于礼法之外的，然而顾辟疆不解风情，不明真相，也不懂王公子的别有用心，偏要讲礼法、讲规矩。于是乎，王公子碰到了猪一样的对手，好端端的一场风流洒脱秀就被活生生地搅和了，意趣顿消。

再看王献之的哥哥王徽之。王徽之好竹子，号称“何可一日无此君”，他也是来到苏州地界，听说一个官员家园中有好竹，便欲前往赏玩。这家主人知道王徽之这个显贵公子要来，慕其名头，意欲结交，便把家园洒扫一番，激动地坐在厅堂中等待。可是没想到啊，王徽之坐着轿子来了，“径造竹下，讽啸良久”，没有搭理这家主人。主人非常失望，但还是指望着王公子赏完竹子了，再回头与他宾主寒暄一番。可是又没想到啊，王徽之坐着轿子“直欲出门”，也是想挥一挥衣袖，不带走一片云彩。这家主人理解不了这“客主不交一言”的高妙，顿时急眼了，“便令左右闭门不听出”（简傲16），关门放狗。

王徽之的这场风流洒脱秀呢，本是想着“客主不交一言”，我来欣赏你家竹子，你就安静地欣赏我的欣赏就可以了。我旁若无人，你神色淡定，多么完美的情景啊。可是这个猪一样的对手不配合，我追求的是冷战，你非要强调对话，没有一点名士的通达，也根本不懂名士的通达。

现在想想，王公子们崇尚的“客主不交一言”，真是名士追求的一个高妙境界，也是成就、检验名士的一个有效手段。别管对手讨不讨厌，配合着点，表演一下，表面上做到相看两不厌，就当敬亭山好不好，这是多么高妙、洒脱的风度！所以，如果钟会、嵇康都不说出最后那些带情绪的话，而是兀自“不交一言”，各自散去，钟会的小心脏受到的伤害或许要小很多，如果他再通达一点，还会对二人的这番遇见会心一笑的。当然，“客主不交一言”并不是无所作为，否则怎么能见出名士风度呢？那个谢万就是临场经验不足，名士作派的火候不到，被王恬目中无人的内室洗头、斜卧散发、中庭晒头这一系列的套路弄懵了，着急上火，方寸大乱，主见全无，忘记放大招了。他完全可以剑走偏锋，按名士规定动作之“溲便于人前”，走到王恬晒头的庭院中气定神闲地撒上一圈尿，“事了拂衣去，深藏身与名”（李白《侠客行》），也是“客主不交一言”。如此一来，谢万的名士档级是不是会有所提升呢？

名士们的任性与任礼

和峤遭父丧，服丧期间十分“备礼”，就是对于服丧的礼数执行得非常细致周到，怎么哭泣、怎么吃饭都严格按照礼制来，比如“量米而食”（德行17刘孝标注），是说他“啜粥，朝一溢米，夕一溢米”（《仪礼·丧服传》）。但就是这个在《世说新语·德行篇》中被标榜为至孝的人，对自家兄弟却十分不讲人情，不讲礼数。

和孝子家中有棵李子树，长得很好，弟弟们来摘了几个李子吃，他就默默地数着李子核来向弟弟们要钱。还有一次，他的妻弟王济也嘴馋了，来向姐夫要点李子吃，可这姐夫心疼得舍不得多给，“与不过数十”。和峤的这种赖皮憋气样一下子惹恼了任性的小舅子，王济也是个硬茬，就在和峤上班不在家的时候，招集了一干膀大腰圆的小伙伴，饿着肚子，提着斧子，拽着大板车，来到姐夫家的园子里，一顿饱吃后，挥斧就把李子树放倒，然后装了一车树枝，亲自送给这个家产丰富而性至吝啬的姐夫，和峤面对小舅子的任性，只能“呵呵”了（俭啬1）。

和峤对于父亲的丧事持礼谨严，而对于兄弟吃事却一点不顾情面，不讲礼数，尽由着性子来，这也算是一种任性吧。

对于这种分裂，有些不好理解。那么我们再来看看持礼不谨严的王戎的情况，他也是《德行篇》标榜的孝子榜样。

王戎同样是既贵且富，同样家里有棵好李树，同样是遭大丧，但他比较任性而不遵礼，照样喝酒吃肉，然后还溜溜达达去看下棋，而没有像和大孝子那样谨守礼制（俭啬4，德行17刘孝标注）。不过呢，对于礼的约束，王戎这人是一贯地不按套路来的，一贯地由着性子来的，表现之一就是与和峤一样地对亲人吝啬。他的女儿嫁给了裴頠，小两口向王戎借钱数万，每次女儿回娘家，王戎就甩出欠他两吊钱的脸色来，直到女儿女婿把钱还了，王大人才释然，脸色露出心不揪肝不疼的慈祥来（俭啬5）。

还有件事更能看出王戎的任性放达。有一天早晨，王戎起得早，乘兴就来到了女儿女婿家（希望不是因为欠他两吊钱的事），没有通报就直接闯进女儿女婿的卧室，关键是女儿女婿对于王戎的排闼而入没有大呼小叫，而是“了无异色”，也就是非常地淡定（这神态对于名士风度非常重要），一个从床的南边，一个从床的北边，慢悠悠地下床穿裤子，还一边提裤子一边与王戎寒暄：“爹，您先坐会儿，外面天气还好吧。”（任诞14）

但是，别看王戎如此任性放达，他也有在意的地方，除了钱财，那就是对父母的孝，否则就不会被《世说新语》树为德行的典范了。他的孝表现在什么地方呢？一是对于母丧的哀痛。他虽然不拘礼制，饮酒食肉不辍，但由于内心痛苦而致容貌非常憔悴，形销骨立，“杖而后起”（德行17刘孝标注）。二是对于父亲声誉的维护。他虽然吝啬很爱财，但在居父丧时，当父亲的部下心念其父之德惠而送来丧礼钱数百万，他为了维护父亲的令名而拒不接受（德行21）。王戎的这些做法都指向孝道，也是一种遵礼，只不过他与和峤对于孝的表现方式不同而已，一个是合乎礼的形式，一个是合乎礼的实质。

但王、和二人在礼与情上都存在着割裂的表现。对于亲情，无论是父母，还是兄弟子女，都关乎天性，但他们却要区别对待。对于礼法，他们一方面很认真地遵守着，表现形式各有不同而已；一方面又很认真地破坏着，由着性子来。

对于备礼与任性的割裂，当时有人就看不惯。因为礼本乎情，礼法的设置，是为了大家彼此更好地以一个合乎情感的共同方式来交往、交流。比如，别人的家园内室，你不经通报、允许，就不好随便闯入。这是起码的礼仪，就是当时的放达名士亦遵循此规范，视未经主人许可而唐突入室为无礼。桓玄去拜访荆州刺史王忱，通报的人还没回转迎请，桓玄就径直登堂入室，王忱很生气，问题很严重，于是就当着桓玄的面鞭打那个守门的家仆。本来桓玄认为王忱是个放达不拘的名士，没想到在这个礼仪上王忱并不松懈，也不配合他玩，这让想任达傲放一下的桓玄很是没有面子，恼怒而去（《晋书》卷75《王忱传》）。

所以，为人行事，应发乎情，止乎礼，最终达到礼与情的融合；如果发乎情而止不住，那就是任性了，其结果就是各行其事，各任其性。

任性不好，“任礼”也不好。

我们看到那些割裂情与礼的人，还是有掂量、盘算的，顺着礼法来也罢，由着性子来也罢，都是有考虑的。这个考虑就是社会的考核、评价标准。魏晋重孝道，不管是持礼谨严的，还是持礼不谨严的，你再怎么任性放达，也不敢踩此雷区，过此底线。所以，发乎情而不见礼也罢，发乎礼而不见情也罢，表达的目标和原则都会指向孝道。但是，如果过分盯着这个考核制度来，“备礼”就会存在表演的成分。比如，和峤以礼法自持，居父丧“哭泣备礼”，但“神气不损”。本来，爹死了应该是很痛苦的，但为了完成礼制上居父丧的种种规范动作，他就严谨地按照礼制来做，但又不投入诚挚的感情。这种只求礼法的形式，而没有情感注入的行为表达，就是“任礼”了。如此一来，“礼”就变成生硬的、冰冷的东西了，就会不可避免地引导人们在如何遵礼上进行内心的盘算，去掂量着不同的对象、行为而区别对待，就会发乎礼而不关情、不见情。这要比发乎情而不见礼要可怕得多。

因为，只专注一个生硬冰冷的考核标准来做评判，而割裂与其他标准的融合与配合，符合了就被称好，不符合了就得不到认同。在这样的考核制度下，人们就会盯着那些能够计入考核范畴的行为，谨慎履行；而对于那些不计入考核范畴的行为，就世间破事，去他个娘的，由着性子来了。和峤临父丧而持礼谨严，虽发乎礼而不见情，又对待兄弟吝啬刻薄而不讲人情，但这些并不妨碍他的孝子形象，《世说新语》也专注此点把他计入《德行篇》。世间破事，多会如此吧。比如对于女性形貌的评判标准，曾经有过看腰的时代（“楚王好细腰，宫中多饿死”），有过看脚的时代，现在又说是看胸的时代、看脸的时代。其实，无论看啥，本应与形貌的其他部分协调相配的，如果是割裂它与整体的关系，剥离它与其他部分的协调，就会只及一点，不计其余，而过度放大这个评判标准，结果就会走入极端，堕入恶趣。

名士们是怎样做父亲的

《三字经》中提到的那个四岁能让梨的孔融，小时候是神童，他的孩子也是神童；孔融后来成了名士，他的孩子也颇有名士气度。但是很抱歉，我拉他们父子出场说的可是件不幸的事。

话说孔融得罪了重要领导，人家抄家来了，合府惶恐，身上哆嗦心里也哆嗦。可是，孔融的俩儿子，大的九岁，小的八岁，正在快乐地玩着“琢钉戏”（我们暂且理解为玩摔纸牌吧），当此之际，“了无遽容”，就是一点都不惊慌，博戏如故，非常地淡定。而且当孔融请求官差不要祸及两个年幼的孩子时，他们竟沉稳而清醒地向父亲指出了眼下的局势：“老爸啊，覆巢之下，岂有完卵？”这种身处危急时镇定应对的气度、见识、言辞，绝对达到了当时名士的最高水准。惜乎天不假以年！

孔融这俩孩子小小年纪竟能有如此气度，绝对是得益于这个名士家庭的长期浸润、熏陶，这说明孔融平日里在培养孩子方面可没少下功夫。其实，当时的名士们在培养孩子方面都挺用心的，他们希望自家庭园里能长满芝兰玉树，既可自傲，亦可骄人。所以，名士们都会注意创造各种机会来陶其性情，增其见识，练其艺能。比如陈寔拜访高士，会把儿孙辈都带上（德行6）；孔宙在儿子孔融十岁时就把他带到洛阳广结名士，谢鲲在儿子谢尚八岁时就让他参与府上各种名士聚会，孙盛在单位组织打猎活动时会偷偷地带上儿子，谢安经常在家中招集儿女们讲论文义（言语3、46、49、71）。正是因为名士父亲们的如此用心培养，名士家族方能代有才俊，比如作为旗舰级名士的竹林七贤即“各有俊才子”（赏誉29）。

接下来我们想知道，对于那些众人追慕、能体现名士风度的高冷活动，名士父亲们是不是会带上孩子一起玩呢？阮籍的儿子阮浑就求过父亲带上自己，来个“父子档”不是很好吗，但阮籍果断地拒绝了（任诞13）。看来，名士父亲虽然自己可以任性放达，但事涉自己孩子的名士作派培养问题，还是很慎重的。对于那些任诞放达活动，名士父亲们是决不会让孩子们参与的。喝酒、吃药不行吧，这会伤害孩子们的幼小身体的；客前裸体、人前溲便、露其丑秽这些大招，也不行吧，这会伤害孩子们的幼小心灵的；至于结伙组团、翻墙钻洞地“入他堂室，观人妇女，指玷修短，评论美丑”（《抱朴子·疾谬篇》），评赏人家姑娘媳妇，还要趁机揩油赚便宜，这就更不好带上还在上小学的儿子吧，要是万一发生群体性踩踊事件，不死也身心两伤，那就更没法交待了。

那么，问题来了，名士们会首先培养孩子们的哪项名士艺能呢？答案出奇地一致，就是名士的说话。因为汉晋间士人很崇尚文辩（意指既善属文，又善口辩），并逐渐成为品鉴名士的标准之一。反正孩子们也是要学说话的，何不就按名士的说话标准来培养呢？那么这个“口辩”是个啥劳什子呢？简单讲就是要言语机辩，应对敏捷，标准是机智、迅捷、应景、有辞采，基本的套路有二：一是能接得住，二是能救场子。

“接得住”，就是无论对方出什么损招，如何地批评你、调侃你，你都能以化骨绵柔掌，四两拨千斤，巧妙地化解掉。话说桓玄一时兴起来拜访殷仲堪，当时殷仲堪“在妾房昼眠”，这时机真是非常不对，下人们也不敢去通报啊，桓玄只好撤身而退。后来桓玄见到殷时，就以此打趣，殷并不回避这尴尬事：“即使当时我抱着俺家大美睡下了，你来了，我也会把好色放一边，来好你这个贤人啊。”（“初不眠，纵有此，岂不以贤贤易色也”。言语103。）殷仲堪先放低姿态坦率承认自己的好色，又把桓玄奉为贤人，桓玄还有什么好说的呢。但要论把话说得内容和形式都很漂亮的，还得看顾悦。顾悦与晋简文帝同年，但头发早早地斑白了，简文帝就调侃他：“卿何以先白？”顾悦应声而答：“我是蒲柳之质，望秋先零，而您是松柏之姿，经霜犹茂。”（言语57）这话说得意、辞、音俱佳，还能让简文帝欣欣然于自己的“松柏之姿”。顾悦果然好身手！

至于“救场子”，就是场面猛然失控，陷于尴尬之境，好像作格律诗一样，一下了拗得筋断骨折，摇摇欲坠了，这得救啊。但当场众人惘然无措，哑然无语，不敢说也不敢做，不知怎么说也不知怎么做，就在这“千山鸟飞绝，万径人踪灭”之际，你悠然出口，而且还既有深厚的专业性，又有密切的契合性，当此之际，别人基本上只有仰望、佩服的份儿了。桓玄篡了东晋皇帝的位，登基大典，志得意满地坐上那把龙椅，没想到龙椅所在的地方竟然下陷，这可不是个好兆头啊，群臣大惊失色，这场面可咋圆呢？这时，殷仲文出列了，也出口了，他说：“这是由于皇上您德行深厚啊，以至于大地都承受不起了。”（“当由圣德渊重，厚地所以不能载”。言语106。）其他人除了松了一口气，剩下的就是无比的佩服了。

再看另一件皇帝大殿上发生的事情。话说司马炎夺取魏国政权称帝之初，按规矩要占上一卦，来预测一下这帝位能够传几代。当时人们很信这东西，于是君臣一干人眼巴巴地盯着这重要的数字如何出来，就好像注视着那双色球大奖数字如何出来一样。可是……可是最后出来的数字竟然是个“一”。当时群臣失色，冷汗就下来了，“莫能有言者”。当此之际，还得说裴楷这个人专业知识扎实深厚，朗声而言：“臣闻天得一以清，地得一以宁，侯王得一以为天下贞。”（言语19）然后呢，君臣听后尽开颜。千载之下，我们也得佩服裴楷这马屁拍得水平了得啊，内蕴惊涛骇浪，外敷惠风和畅。

好了，我们现在来看看这帮名士父亲们教导出来的神童吧。《言语篇》就是记载当时名士们各种说话的故事，其中也记载了许多名士家庭的孩子的言语，大概有十四条。这些神童的言语除了达到上面所说的标准如机智、应景、辞采之外，按照我们旁观者的感受，大致可分为会说话的、不会说话的两种。

会说话的，好好说话的，就是把话说得挺敞亮的，听来暖心，让人舒服。孙盛在庾亮手下工作，有一次单位组织打猎活动，孙盛就把自己八岁的小儿子齐庄带上，也没有告诉庾亮。一群人来到猎场，庾亮突然发现队伍中多了个小孩，就调侃说："您怎么也来了呢？"（"君亦复来邪？"）这孩子应声而答："古诗上不是说嘛，无小无大，从公于迈。"（言语49）齐庄这是化用了《诗经·鲁颂·泮水》的句子，意指无论大小臣子，都跟着名公出游，非常贴切。庾亮问得调皮，小孩子应对得也很调皮，很有小孩子的天真可爱。但另一个神童钟会面对父亲上司的回答，就显得太有心机了。

钟会就是那个后来组团拜访嵇康的官二代，他和哥哥钟毓小时候都有神童之誉。当时已经是皇帝的曹丕听说了，就对其父钟繇说想见见这俩孩子，大概是他们十三四岁的时候吧。小孩子见到皇帝还是有些紧张的，钟毓的脸上汗就下来了，但钟会没有，曹丕就问哥哥为何脸上出汗呢，钟毓对答："战战惶惶，汗出如浆。"又问弟弟为何脸上没有汗呢。这对于钟会可是个难题啊，哥哥说是因为害怕而流汗，那你弟弟不流汗是不是就说明不害怕呢。但小孩子钟会的回答还是挺让人惊讶的，他说："战战栗栗，汗不敢出。"（言语11）这种沉稳的机辩着实令人佩服，尤其考虑到他是一个孩子，这种机辩所包含的心思又让人有些害怕。

这种魏晋名士所崇尚的说话应对机辩，是要在斗口中呈现的，而斗口难免会出损招，憋人噎人，这些神童也有此训练。我们看到那些不会说话的，不好好说话的，就会把话说得挺噎人的，听来刺耳，让人憋气。谢尚八岁时，他的父亲豫章太守谢鲲就已经有意识地培养他了，在府上经常带着他迎送宾客，所以他的言语应对已颇具名士风度。这样的小孩子很讨大家喜欢，赞许别人的孩子总不会错的，有一次客人们就半真半假地感叹："这孩子天赋异禀，骨骼清奇，真可称是这座中的颜回啊。"颜回是孔子很赏识的弟子。本来呢，场面上嘛，长辈赞美晚辈为颜回，晚辈就顺嘴颂扬长辈为孔子就好了；反之亦然。但谢尚小孩子不按这套路来啊，他回了一句："坐无尼父，焉别颜回？"意指座中没有孔子，谁又能有眼力识别出颜回呢（言语46）。小孩子这话太伤这帮名士们的自尊了，而且是棍扫一大片，有失厚道啊，人家叔叔们可是夸你呢，又没有设局玩损招惹你。谢尚这一点就不如神童孔融了。

神童孔融可是遇到故意的挑衅了。话说孔融十岁时，父亲把他带到洛阳，当地的李膺名望很大，是个太守级别的人物，小孩子孔融就以踢馆的心态独自来到李府，一番交手之后，李膺以及府中宾客莫不称赏。这时候，大名士陈韪来到李府，可他没有看到小孩子孔融的一番招数，别人就对他赞许孔融这个神童功夫了得，陈韪有些不屑："小时了了，大未必佳。"（"小时候聪明伶俐，长大了未必出众。"）本来，小孔融一套功夫下来，赢得座中一致赞许，有些踌躇满志，没想到这个叔叔态度不端正，有些想挑衅，于是，他枪挑一条线，果断出招："想君小时，必当了了。"（"想必您小时候，一定是很聪明的了。"）一枪封喉，陈叔叔顿时哑然。看来，孔融父亲在带他来洛阳之前可没少用心培养他啊，能把这孩子带到洛阳，然后放出去四处踢馆论剑，果然是有备而来。

不过呢，陈韪说的话也非虚言，确实，如果只靠一点点的天赋异禀而没有后天的努力，许多神童也就会如一道闪电一样眨眼就不见了，堕入林语堂所说的神童泯灭俗套："幼有神童之誉，少怀大志，长而无闻，老而与草木同朽矣。"当然，如果这些神童沿着名士父亲规划的路途走下去，掌握了精湛的艺能，也是要比那些"才及中人"的孩子强不少的。但就怕他们作为神童时锻炼出的口辩本领，到了成年后使用得无品无德。对待赞扬自己的人，就像春天般温暖；对待批评自己的人，就像严冬一样残酷无情。前者其实就是互吹，后者其实就是互黑。无论是吹还是黑，都可能存在"话品"不好或人品不好的问题。

"话品"不好的，虽有机锋，但失之于油腔滑调。比如宋代时汴京有个邢俊臣，博通文史，精于机辩，喜欢滑稽嘲咏。一次宴席间，有歌妓模样秀美，肌白如玉雪，但腋有狐臭；酒席主人知道邢俊臣善于诗词，就让此歌妓向他求词，他就应声而答："酥胸露出白皑皑。遥知不是雪，为有暗香来。"（沈作喆《寓简》卷10）他就是喜欢用自己的才能来戏谑别人的缺陷，博人一笑，这就是"话品"不好了。

人品不好的，虽然把话说得非常得体，词采绚丽，就像上面提到的裴楷、殷仲文的例子，"话品"就更堕入恶趣了。希望神童们长大了，不要变成这种专业知识很扎实的马屁精。否则，还不如像王安石说的方仲永那样"泯然众人矣"好呢，至少等他长大了变老了，人们回想起来，还有一个曾经纯洁俊秀的神童形象，不至于让那些专业知识深厚的马屁话破坏了这个形象，一想起来就令人恶心反胃。当然，我们最不愿看到的事情是这些神童们不能安然长大成人，这也是名士父亲们最不愿看到的事，就像孔融那样，自己早早地死了，也连累两个神童儿子跟着早早死了，玉树未能临风，就已经夭折于风中了。这还真不如"泯然众人"，然后渔樵耕猎、颐享天年。

名士们为何那么在意容貌

真名士自风流，用不着扭捏作态，举止自会有一种超凡脱俗、飘逸洒脱的品味。但名士的容貌俊美、风姿飘逸到底能有多大的魅力和威力呢？先来看两个例子。

庾亮这个人容貌俊美，风姿秀丽，有“玉树”、“丰年玉”之称（《晋书》卷73《庾亮传》；伤逝9；赏誉69）。所谓“丰年玉”，是指庾亮气宇轩昂，光彩照人，就像美玉在丰衣足食后的装饰效果，非常能撑场面。话说庾亮与弟弟们过江入吴，途中住店。弟弟们先去办理入住手续，可能因为旅游旺季或者有啥社团活动，店中前台挤满了人，大堂站满了人，几个弟弟戳在大堂中间扫视了好几圈，也没人搭理，连个对视的人都没有，自尊心顿受伤害，愤然抽身撤回。此时，庾亮恰策杖庭院中，绕树三匝晃荡完了，正在举头数寒鸦，听到弟弟们诉说着无奈，悠然吐声：“我试观之。”遂转身曳杖，走向店门，带着一身霞光，内蕴强大气场，刚一入门，就瞬间吸纳了大堂里纷乱的嘈杂和目光。众人望其神姿，纷纷退避（容止38）。

再看潘岳，此人姿容美丽，风度潇洒，一直热闹着引人瞩目。后世是活在说书人的嘴里，当时是活在妇女们追慕的眼光里。后世说书人形容俊秀书生的套话有一句“才比子建，貌比潘安”，其中的潘安即指此人（潘岳，字安仁。杜甫《花底》诗有“恐是潘安县，堪留卫玠车”一句），他已是中国文化中美男子的代名词了。而在当时的洛阳城，年青的潘岳只要出门上街，就会有一帮大姐大嫂大妈们前堵后追，围观赞赏，为表达对潘岳俊美风姿的喜爱，她们还不断地向潘岳车中投赠时令水果（而不是投赠一些没用的鲜花）。潘岳同学就这样满载着大姐大嫂大妈们的水果，满载着大姐大嫂大妈们的爱慕，游荡在洛阳城的街道上（容止7刘孝标注）。

这就是名士美貌的力量，夸饰一点的说法是美貌的“杀伤力”。潘岳是帅气惹人，庾亮是帅气逼人。

帅气逼人，就是名士容貌俊美能令人自惭形秽，深感自卑而后退躲避。潘岳之后的美男代表卫玠，其舅王济见到他就感叹“珠玉在侧，觉我形秽”（容止14）。

帅气惹人，就是名士容貌俊美能令人痴迷疯狂，心生向往追慕之心。还是这个卫玠，永嘉南渡时，他举家从北方南迁至江南，到达建康（今为南京），当地人久闻其容貌美丽非凡，纷纷赶来围观，“观者如堵墙”。看来卫玠的美貌对于建康城的民众确实具有“杀伤力”，令人痴狂。但既然卫玠的美貌具有“杀伤力”，透着一股狠劲儿，那么这种力也会产生出反作用力——南京人民围观的目光于是就散发出一股狠劲儿。卫玠本来就身体羸弱，小病不断，此番连日奔波劳累，再加上南京人民灼热目光的猛烈攻击，遂一病不起，委顿而死，年仅二十七岁。时人称此事件为“看杀卫玠”（容止19）。

卫玠竟然被“看杀”，挺令人惋惜的，但他美貌的力量也挺令人心往神驰的。那些没有容貌资本可恃可拼的名士们，在听闻这个事件时会是什么心情呢？伤心总是难免的，感到万分沮丧甚至开始怀疑人生也是有可能的，尤其当我们了解到他们因为容貌不帅而受到的生活影响和精神打击，就会深深地理解这种忧伤心情了。

左思这个外地青年因为妹妹左芬入宫工作，也从家乡临淄来到了洛阳，京城青年的好多玩法都让他感到新鲜和艳羡——“洛阳佳丽所，大道满春光。游童初挟弹，蚕妾始提筐。金鞍照龙马，罗袂拂春桑。玉车争晚入，潘果溢高箱。”（萧纲《洛阳道》）尤其潘岳同学驾车遨游的玩法特别让他向往。他也买了辆同款的车子，打了个时间差，效仿潘岳驾车上街。只是他忘记了一件至关重要的事——自己的相貌。《世说新语》上说他“绝丑”，以至于“不持仪饰”，就是说他的“绝丑”是系统性的，且力量强悍，无法修复，无法遮掩，无论他怎么修饰，貌丑的锋芒总能显露出来……人家大姐大嫂大妈们站在路边是等着看潘岳的，手里拿着水果是等着给潘岳的，你左思在这个时间这个场景滚滚而来，还赖着不愿走，希望人家投你以木瓜、木桃、木李，人家能有好心情吗？于是大姐大嫂大妈们“齐共乱唾之”，一顿口水乱喷，就把他赶走了（容止

7)。左思委顿而返，心情很坏，感到洛阳妇女不友好，洛阳人民搞地域歧视，欺负他这个外地人，遂间歇性赞叹“洛阳佳丽所，大道满春光”，持续性感叹“他乡信美，终非吾土”。这种心情不但影响了左思居住洛阳的幸福感，还影响了他文章写作的格调。人家潘岳同学容貌俊美，驾车洛阳道，收获欣赏的目光，还收获爱慕的水果，心情舒畅，精神焕发，写的文章便格调超迈清扬；而左思同学容貌就是丑一点罢了，驾车洛阳道，可收获的是厌恶的目光，还有满车的口水，心情憋屈，精神郁闷，写的文章就难免有怨恨的情绪，不住地沉吟低徊。

除了影响文章写作的格调，名士貌丑还会影响到他处世行为的格调。刘伶这个人“身长六尺，貌甚丑顇”（汉末三国时期的六尺约为145厘米），可这并不耽误他能进入到那个引领一代名士风尚的竹林七贤朋友圈。竹林七贤行事格调各有特点，帅的玩层次，不帅的就玩风格，刘伶玩的就是狂傲风格。其实“七贤”都挺狂傲的，但刘伶还是能玩出自己的风格来。人家嵇康身材高大（身长七尺八寸，约188厘米），他的狂傲是睥睨天下，这是一种俯视的姿态。而刘伶的身材短小，他的狂傲姿态是依靠自己的想象力，想象着自己处于天地间，悠悠荡荡，无所用心，于是意念发散，无限膨胀，常感到宇宙为狭，那个洛阳城就更是盛不下他了（容止13，文学69刘孝标注）。如此的效果就是把自己想象得无比高大浩渺，然后来覆盖你，碾压你，吞噬你。当然，这种狂傲的想象意念是要经常进行操练的，要把无形的意念具象，然后外化为行动。刘伶的方法就是在家中房间里脱光衣服（因为衣服会束缚身体的发散膨胀），疯狂喝酒，用酒的力量来助推这种意念的发散，使自己的想象膨胀得更猛烈。不料在他的想象意念正在猛烈膨胀之时，有客来访，正碰上他在家中如此操练着，开门见此，很是尴尬，刘伶倒是神情自若："吾以天地为宅舍，以屋宇为裤子，诸君本不该钻到我的裤裆中来啊！"（任诞6）

还有，名士貌丑还会影响到他在人际交往上的参与态度和参与方式。曹操当上魏王后有一次外事活动，就是接见匈奴使节，但他身材短小，自以为形貌丑陋，不足以震慑匈奴人，有损于国家形象，就找了一个身材高大、面容威重的人来当替身，自己则捉刀立其身后（容止1）。山涛的大儿子山该可能是小时候得了什么骨骼疾病，身材短小，晋武帝听说这孩子聪敏绝伦，想见一见。山涛不敢不奉诏，回家传达了武帝口谕，但山该却自愧形容短小，不好意思见人，就坚决不肯受诏面圣（方正15）。

关键是当时人还大力赞扬山该这事做得对，《世说新语》还把这件事放在《方正篇》中，好像在宣扬这样一种观念：相貌长得丑不出来见人，就是一种美德。这样的赞扬让山该、左思听起来不知道得有多么心酸，他们当然渴望自己能像卫玠那样貌美帅气，能"惹人"，能"逼人"，即使被"看杀”也心甘情愿，死而无憾。两相对比，名士们怎能不在意自己的容貌，不操心自己的风姿。

那么，名士们是如何经营自己的容貌风姿的呢？这里有一个前提，名士们容貌俊美的基本标准是皮肤白，身材高，其他的一切操心、一切嘚瑟都是建立在这两个基本标准之上的。如此一来，名士们对于自己容貌的经营路线大致有以下四大流派：自然派、化妆派、装备派、策划派。

自然派，就是天生丽质，底子异常好。但人家却有而不恃，从不拿自己的貌美帅气当回事，不会人前人后地招摇显摆，有空没空地琢磨什么发型服饰，总之就是我帅故我在。

裴楷肤白貌美，仪表出众，时人称之为“玉人”，但他从不注意打扮，不在意服饰，平日里总是穿着粗陋的衣服，头发乱蓬蓬的。但即使如此，仍然美得光彩照人，以至于看到他的人就好像行走在玉山之上，感觉到自己的人生前路一下子都被照亮了（容止12）。

至于嵇康，更是有名，他容貌俊美，身材伟岸，所以风姿特秀，在人群中的识别度特别高，一眼就能看到，也一眼就能看出他的非同寻常。但此人崇尚自然，生性疏懒，不喜礼法约束，也不喜操心个人修饰，为人处世随意，日常穿戴随便，只是由于他“龙章凤姿，天质自然”，仍会让人感到高峻脱俗，爽朗飘逸。他的朋友山涛曾说：“嵇叔夜之为人也，岩岩若孤松之独立；其醉也，傀俄若玉山之将崩。”（容止5）他的儿子嵇绍长大后，有见者赞其“卓卓如野鹤之在鸡群”，王戎鄙其少见多怪：“君未见其父耳。”（容止11）这也说明嵇康的遗传基因非常优秀，而且父子俩还因容貌俊美而为中国文化贡献了两个成语：玉山倾倒，鹤立鸡群。

化妆派，就没有自然派心态好了，他们本身的自然条件不错，有的名士还是天生丽质，底子非常好，但特别自恋。人家自然派是有而不恃，他们则是有而狠恃，天天操心着自己的容貌服饰，有空没空就琢磨着脸上的妆容。总之，就是我化妆好故我帅。

引领名士化妆风潮的先驱人物是何晏。此人仪容秀美出众，皮肤天生“至白”，白得都让人怀疑是傅粉化妆的效果。魏文帝曹丕就想测试一番，于是大夏天的请他吃热汤面，吃得何晏汗流满面、汗流浃背，不住地用衣袖擦汗，如此一来脸色反而白得更好看了，“色转皎然”，晶莹剔透，非常靓丽。但就是这么天生的肤白貌美，何晏还是热衷于化妆，“动静粉帛不去手，行步顾影”（容止2刘孝标注）。就是说他手里时刻捏着粉饼，随时准备着对镜补妆，遇到一切可以照出影子来的东西——比如桥下的河水、头顶的阳光、杯子里的茶水，还有碗里的面汤，他都要顾影自怜一下。

再看王濛这个人，也是本身就仪表出众，姿容俊美，又低调温和，见者莫不敬而爱之。年轻时有一次去街市买帽子，老板娘爱慕他的容貌俊秀，竟然不收他钱而赠以新帽（《晋书》

卷93《王濛传》)。但他同样也很自恋，经常要揽镜自照，看到镜中之人，帅得自己都怦然心动，不禁悠然赞叹："王文开怎么能生出这么帅的儿子呢！"("王文开那生如馨儿"。王濛之父王讷，字文开。容止29刘孝标注。)

装备派，想到的就是怎样用外在的装备把自己容貌的俊美突出、映衬、烘托出来，这是拼容貌的外向延展，就是要拼外挂。所以，这装备也得要求华丽、奢侈，有个性、有创意。总之，就是要达到我装备好故我帅的效果。

比如何晏仪容秀美，皮肤至白。他本来脸色就已经白得让人怀疑了，但还要傅粉化妆，还要穿朱红色的衣服，以求强化自己的肤白之美。更有创意的是，他觉得自己已经美得在男人圈里呆不下去了，就想着去女人圈里混，便醉心于穿女性服装，专注于女性柔媚格调，时人称之为"服妖"(《晋书》卷27《五行志》)。这为名士圈指出了"妖丽"一路，顿新天下耳目，时尚界始知自振。然而，何晏在拼装备这条路上，已经走得太远了，他所践行的穿女性服装的"妖丽"一派，对于那些胆量不足、只想在男人圈里混的名士们来说，思路可取，方法难及。倒是王衍这个人的方法简单易行，可资借鉴。

王衍本就神情明秀，风姿闲雅，"如瑶林琼树，自然是风尘外物"(赏誉16)；又特别注重仪容打扮，日常里把自己收拾得整洁亮丽，光彩照人，身处稠人广座中，就如珠玉在瓦石间(容止17)。但稠人广众中也暗藏危险，比如有一次，他与王导参加家族宴会，席间质问一个族人做事不周，那个族人大怒，顺手绰起一个食盒就摔到他脸上了。王衍一声不吭，然心中意不平，后离席回到车中，揽镜自照，见面容无损，才心中释然（雅量8）。除了在意自己的形貌妆容，王衍还特别注意用一些装备来衬托自己的相貌优势。比如他皮肤白皙，平常就总手执一白玉做柄的麈尾（一种类似羽扇的器具），时时潇洒挥动，因为白玉柄与手的肤色浑同而无多分别，由此衬托得他的手更加白净（容止8）。相比于何晏，果然王衍拼装备的功底深厚，这是借鉴了《诗经》“赋比兴”中“比”的手法，“以彼物比此物也”。

在王衍这种以外物衬托相貌优势的思路上，当时名士们用尽了心思，“熏衣剃面，傅粉施朱，驾长檐车，蹑高齿屐，坐棋子方褥，凭斑丝隐囊，列器玩于左右，从容出入，望若神仙”（《颜氏家训·勉学篇》）。这里基本上有两条思路，一是如何能显得白，二是如何能显得高，综合起来就是如何能显得峻拔飘逸。不得不承认，这个装备派队伍的存在和壮大，非常有力地推动了当时男士时尚品产业的迅猛发展。

策划派，眼光和格局都要比上面三派显得宏大开阔，他们不单考虑到自身的装备，还考虑到了如何借助环境，利用场景，把环境和场景作为表现自己美貌风姿的一部分，境为相设，相由境生，由此而在一个情境动态过程中映衬、烘托出自己风姿的俊朗飘逸来。这一思路的总体目标就是我策划好故我帅。

简单一点的思路是潘岳和夏侯湛的策划。当时名士被称为“玉人”、“璧人”者不在少数，比如卫玠、裴楷（《晋书》卷36《卫玠传》；容止12），而夏侯玄被称为“玉树”（容止3），李安国、嵇康被称为“玉山”（容止4、5）。以“玉”类比，都是形容他们的肤色洁白，仪容俊美。王羲之曾说杜弘治“面如凝脂，眼如点漆，此神仙中人”（容止26），何晏天生皮肤白皙，还那么疯狂地强化肤白效果，皆表明时人对肤白的欣赏和迷恋。当然，以皮肤白净为基础的俊秀风姿，确实能给人以美玉一般的清新温润之感，那些玉人、玉树般的名士们本来就对观赏者有强烈的视觉冲击力，他们处于普通人群中更是如此。所以，时人赞叹嵇绍处众人间如“鹤立鸡群”（容止11），王济感叹与卫玠共坐就像“明珠之在侧，朗然来照人”（容止14），王敦感叹王衍“处众人中，似珠玉在瓦石间”（容止17）。而潘岳和夏侯湛二人，也都是属于玉人级别的俊美名士，而且两人皆才貌双全，夏侯湛“幼有盛才，文章宏富”（《晋书》卷55《夏侯湛传》），潘岳“才名冠世，为众所嫉”（《晋书》卷55《潘岳传》），他们即使各自单独出席，亦足可震场，不愁收视率。但二人不像那些玉人们喜欢特立独行，单打独斗，而是主动结盟，长期合作，“心照神交，唯我与子。且历少长，逮观终始”（潘岳《夏侯常侍诔》），每有活动信息，二人都是共享共赴，“同舆接茵”，路上要同乘一辆车，场上要座位靠一起，时人称之为“连璧”(容止9;《晋书》卷55《夏侯湛传》)。称为玉人、璧人者，并非一个，但称为“连璧”者，专指他们二人。这一创意策划的思路就是考虑到了场景的映衬、烘托作用，强强联合，相映生辉，有效地强化了二人各自的强大气场，助推了彼此俊美容貌对观众的视觉冲击力。

再看复杂一点的策划派思路。每当春日陌上花开，冬天雪花纷飞，很多人的心思就会按捺不住，开始不老实了。春物萌动时，人们也忙开了，凝妆上翠楼，取次花丛过，惹得自己萦损柔肠，困酣娇眼。雪花纷飞时呢，认为自己有点情趣的人心思就开始缭绕了，王子猷夜里从梦中醒来，意绪就被飘雪撩拨得难受，于是起身登舟，顶风冒雪，跑了一夜去见戴安道，但到了戴家门前就“兴尽而返”了(任诞47)；谢安则是在家里把子侄后辈们拢过来上堂诗歌鉴赏课，问问白雪纷纷何所似(言语71)。而那些仪容秀美的名士们更是闲不住，他们绝不会放过这个效果绝佳的场景，赶紧梳妆打扮，构思舞台动作。王濛策划的是去拜访王洽(王导第三子)。那时空中雪花纷纷，须臾四野难分路，倾刻千山不见痕。王洽听说王濛来访，府门大开，客厅静候。而王濛则驾着长车，随着飞雪飘飘洒洒地就来到了，他特意在府门外下车步行。此时路上积雪如茵，空中雾气凝暗，静候大厅的王洽远远就看到王濛踏雪迈入府门，盛装登场。但见他穿玄绡之衣，曳红罗之帔，戴翠翘明玉之冠，蹑琼文九章之履，明艳绝伦，光彩溢目，“仿佛兮若轻云之蔽月，飘摇兮若流风之回雪。远而望之，皎若太阳升朝霞；迫而察之，灼若芙蕖出渌波”（曹植《洛神赋》）。王洽本来在冷风中身子抽搐得紧巴巴的，看到王濛这个华美绚丽的登场，一下子就舒展了，不禁惊为天人：“此不复似世中人！”（容止33）

还有，王恭也不会错过这样的雪天场景，也在策划着如何盛装招摇过市。当时飞雪漫漫，“银迷草舍，玉映茅檐。数十株老树杈桠，三五处小窗紧闭。疏荆篱落，浑如腻粉轻铺；黄土绕墙，却似铅华布就。千团柳絮飘帘幕，万片鹅毛舞酒旗”（《水浒传》第11回）。王恭本来就仪容姿态俊美，“濯濯如春月柳”（容止39），长得清新悦目，此时更是着意修饰，倍其华艳，然后披上鹤氅裘，驾长车，乘高舆，随着飞雪飘落在建康城的街道上。雪花飘飘洒洒的，王恭也飘飘洒洒的，引动一众羡慕的目光，其中有一个叫孟昶的迷惘青年，正孤独地坐在小旅馆里，望着窗外的飞雪发愁自己的前程，恰好王恭飘摇而过，一下子就捻亮了他黯淡的双眼，迷漫的雪花刹那间变得晶莹透彻。孟昶仰望着王恭风姿之超迈飘逸，惊其炫丽，视若天人，顿时找到了自己人生的奋斗目标（企羡6）。

上面排列出来的这些名士对于自己容貌的夸饰宣扬，确实挺让人惊艳。但你要是认为如此容貌俊美即足可代表这个时代的标高，那就太小看这个时代的精神维度了。名士们外在容貌的修饰，自然重要，但他们更注重内在精神气度的经营与修炼。刘伶身材短小，相貌丑陋，却能与何晏、卫玠、潘岳这些美男们同列于《容止篇》，就是因为他志气旷放、风姿特异的精神气度。而王恬出身、相貌皆属一流，但就是因为他不安心于德行才学的钻研修炼，其父丞相王导见其辄嗔（德行29），常抚其肩而叹惜："阿奴，恨才不称！"这是对儿子才不称貌的遗憾（容止25）。

这就表明在那个时代标高的美学观念中，容貌的修饰，是外在的操练，属于外家功夫，而名士们更注重精神气度的修炼，这是内在的修为，属于内家功夫。即使外在容貌的美，如果是基于内在精神的修炼，焕发的光彩也会更有力度和韧性。这是一种更高层次的风姿秀美。当我们看到《世说新语》中说哪个名士光彩照人时，不要简单地认为他们就是依恃于外形的修饰。说夏侯玄"朗朗如日月之入怀"（容止4），那是基于他出身高贵、气节高尚、个性持重，还有他的玄学修为，这些综合因素使他能成为一时名士之冠。说卫玠如明珠在侧，朗然照人（容止14），但他更重要的身份是魏晋时期继何晏、王弼之后的著名清谈名士和玄学家，因此在他英年早逝后，谢鲲才会恸哭"栋梁折矣"，王导才会称其"风流名士，海内所瞻"（《晋书》卷36《卫玠传》）。

正是由于名士们对于内在修为的重视，那个时代人们对名士风姿俊美的所有高标准的赞扬乃在于名士风度的神韵之美。这是指一个人的才华、修为所涵养出来的精神气度。那些容貌俊美的名士们当然令人赏心悦目，但他们的声誉并非仅靠外在的容貌，嵇康之思想气节，潘岳之文学成就，夏侯玄、何晏、卫玠、王衍之玄学修为，皆为一时之风标。他们能让人感到光彩照人的实质，就是根植于内在修为所散发出的精神气度美。在这个意义上，当时人们为了赞扬名士们的精神气度美所贡献出的那些创意和想象力，就更值得我们注意了。比如说夏侯玄“朗朗如日月之入怀”（容止 4），说卫玠“冏若明珠之在侧，朗然照人”（《晋书》卷 36《卫玠传》），说见到裴楷就如行走于玉山之上，“光映照人”（容止 12）。而更特异的名士光彩，不但能照人，而且能“照明”。晋废帝时，每次大臣们清晨候朝，殿堂昏暗无光，但只要会稽王司马昱一来，“轩轩如朝霞举”，大殿里顿时霞光万道，一下子就亮堂了（容止 35），“日出天地正，煌煌辟晨曦”（唐代皎然《效古》），空中还弥漫着阵阵清新温润的味道。这些比喻性描写都是夸说名士们的精神气度美，明扬亮丽，光彩照人。而且这种光彩就如美玉般洁净、温润，给人一种爽朗愉悦的感觉，令人振奋，令人向往。

而由这些形象、夸饰的描绘，我们不但看到了名士们精神气度美所焕发的光彩，还可以领会到欣赏者在追慕名士精神气度美时所焕发的想象力，就是那种如何表达出对名士精神气度美的感受体验的想象力。当然，要论这个方面的想象力比拼，还是本文开头所讲的卫玠惹人、庾亮逼人最为卓绝，尤其是“看杀卫玠”，一个人竟然因为貌美而被“看杀”了！而庾亮的帅气逼人还牵涉了另一个离奇的事件：一个人本要被杀掉，但对方一见其风姿秀美，就改变主意不杀了。

晋明帝死后，庾亮进位顾命大臣，辅佐幼主，但由于他虑事不周，错判局势，造成苏峻叛乱，朝廷倾覆，自己也亡命逃窜。陶侃临危受命，被推为盟主，领兵平叛，认为应诛杀庾亮以谢天下。亮闻之，忧怖无计。挚友温峤力劝其拜见陶侃，以求宽宥。庾亮便前往拜会，“其风姿神貌，陶一见便改观，谈宴竟日，爱重顿至”（容止23）。

庾亮竟然是因为其风姿神貌的个人魅力而免于被诛杀。对于这样一段描述，古来很多人泥于史实，就陶侃不杀庾亮一事多加辩解，什么因为庾亮放下身段，引咎自责，什么因为当时的政治形势，什么因为陶侃的宽宏大度。其实，在这段描述中，庾亮被“一看而不杀”，就如同卫玠被“看杀”一样，传达的是当时人们对美的爱惜、尊重和敬畏之情，以及一个人的美貌所具有的强大魅力和威力——只是这种对美貌魅力和威力的表达方式透着一股狠劲，它不存在于现实生活的逻辑之中，却存在于文学表达的逻辑之中。人们特别喜欢用这种不合生活逻辑的狠劲（指的是创意想象和表达方式上的狠劲），来表达对名士容貌气度美的由衷的、凶狠的喜爱和欣赏。

当时男性重视容貌修饰的社会风尚，再加上追慕者表达方式上的这些想象力和狠劲，自然就培植出了《世说新语》中关于名士容貌风姿秀美的那些可能有、希望有的特异举动和离奇事件。卫玠因为貌美而被“看杀”，庾亮因为貌美而被“不杀”，都是那个时代人们对于美的珍惜、尊重和敬畏之情的一种极致表达。人们希望世间能出现这样的情况：一个人竟然美得帅得能让人平心静气下来，灭却心头诛杀之火，一见倾心，爱重顿至；一个人因为太美太帅了，活着就是个危险活儿，终被欣赏者凶猛的爱慕眼光杀死了。

名士婚姻的美丽与哀愁

我们想象到名士家庭最明显的格调就是风雅，诗意在胸，远方可达，至于苟且，早被家族的势力和祖上的荣光挡在了高墙大院之外。而庭院几许深，红杏如何闹，那是外人心头澎湃的事，谢安们只管圈着朋友们仰望星空，清谈高议；或是拢着子侄们拂风赏月，讲论诗文，遇到晚饭后，问问《诗经》作品何者最佳（文学52），遇到下雪了，问问白雪纷纷何所似（言语71）。但这些都得是吃饱喝足后的事了，而生活中的各种糟心事对于名士们来说，一样是鸡零狗碎。比如孩子教育、投资理财，还有兄弟不和、夫妻不睦，因为借钱不还，因为轻慢亲戚，因为送个桃子李子不给好的或不舍得给……若论齐整点的糟心事，那就是婚姻了，因为自己的，因为儿女的。

许允结婚了，但他很气愤（贤媛6）。对于结婚这件事，大家都很高兴，起初许允也挺高兴的，新娘是魏国卫尉卿阮共的女儿，阮德如的妹妹。德如风姿俊雅，与嵇康交情深厚，阮老伯谦谦君子，清真守道。阮姑娘应该不会差的，想必是容貌秀丽、风姿绰约的吧。……可等到入了洞房，第一次看到阮姑娘的真容，许允顿感通身冰凉，脑门冷风飕飕，赶忙夺门而出。为什么呢？因为新娘的相貌风格太冲了，《世说新语》用了两个字——“奇丑”。

白头深目，长指大节。卬鼻结喉，折腰出胸。蓬发皤白，面尽鲶腊。足若悬姜，胫若棪株。身若猬棘，必好抱躯。口臭腐鼠，必欲钳须。（综合《列女传·齐钟离春》与西汉竹书《妄稽》）

就是说阮姑娘虽然年纪才十七八，可是要身材没身材，要相貌没相貌，头发花白，脸色蜡黄，皮肤粗砺，骨节壮大，反正是浑身上下没有一丁点能升华出美感的零件儿。当此之际，许允顿感天地无光，人生黯淡，想死的心都有了。许允庆幸自己好歹能及时撤出洞房，任凭家里人怎么劝，“无复入理”，家里人深以为忧。但许允却无比清闲，本来这几天忙得昏天黑地的，现在黑夜里一个人静坐书房，无比清醒，无比气愤，就是无比清醒地气愤着，深深地感到生活欺骗了自己。

第二天，朋友桓范来看望，以示祝贺，但“祝贺”二字刚一出口，许允湿嗒嗒的脸上眼泪差点儿又下来了，随即向朋友痛诉新娘之丑，激昂澎湃，泪添九曲黄河流，恨压三峰华岳低。桓范就得劝慰：“许兄，假如生活欺骗了你，不要悲伤，不要心急，忧郁的日子里需要镇静。你想一想，阮老先生不是凡庸之辈，他肯定是有考虑的……”这话还没说完，一下子激起了许允的气来：“他当然有考虑了，那就是把他丑闺女嫁出去。我说怎么着他那么高兴呢，他们全家人都那么高兴呢？……”桓范赶忙截住他的话，进一步解释：“许兄，听我说——莫悲伤，莫气愤，忧郁的日子里需要镇静。我的意思是，阮老先生的想法不会像你说的那么简单粗暴，他那么厚道的人。他闺女是丑了点，但他既然敢把丑闺女嫁给你，肯定觉得女儿有啥优点能配得上老兄你的高才大名。我也觉得此女门承儒胄，必有德艺。兄宜察之，兄宜思之，或者——你再去新房里当面与嫂夫人谈谈，看看她是否有什么过人之处？”这桓范不愧是辅佐曹爽大将军与司马懿父子权斗的智囊人物，一番话说得许允若有所思。

桓范走后，许允酝酿了一下，主要是麻痹自己的审美标准，钝化自己的审美感觉，毅然重返洞房。但见阮姑娘静坐窗边，姿态闲雅，了无异色。应该说许允第二次面对新娘真容，是有充分心理准备的，但当他咬牙看了一眼后，还是不禁流下了委屈的眼泪，扭头就要走掉。阮姑娘本来是看到许允踏进门槛，便起身相迎，可见到许允抬眼一望又随即撤身，估计这人此番离去，断然“无复入理”了，便箭步向前，一把薅住许允衣袖，二人相持，暗中较力，不发一言。

许允想到还得按桓范的建议来，便看了一眼拂窗的花影，幽幽发声：“妇有四德，你，占几条啊？”这“四德”指的是妇德、妇言、妇容、妇功。许允这话明显是故意挑衅，没想到人家阮姑娘不回避不抱怨，正视现实，直面问题：“我唯一缺乏的，就是‘妇容’罢了。然而，士有百行，你，又能占几条呢?”许允一句话撞过来：“皆备!”阮姑娘撤手回步，轻舒广袖，铿然而作：“这‘百行’可是以德为首。君好色不好德，何谓‘皆备’?”人家阮姑娘的意思是，妇有四德，我就缺第三条“容”，可你竟只好色不好德，瞧你昨夜当着一家人涕泪横流的那熊样儿；你不说“士有百行”你皆备吗，要知道士有百行，以德为首，你缺的可是第一条“德”。估计阮姑娘心里肯定骂开了，你把人家娶来，晾在洞房一夜，还当着家里人，当着朋友面，反复哭诉“娶妻若此，不如早死”，这不是缺德吗？看来，这阮姑娘不但饱读诗书，还相当有辩才。许允再怎么过不去新娘貌丑这道坎，但普世的价值观还是不敢公开反对的，于是“允有惭色，遂相敬重”，而且几乎是心甘情愿地留了下来。怎么个“敬重”法呢？就是后来他与阮姑娘生了两个儿子，一个叫许奇，一个叫许猛。奇者，猛者，应该是许允的有感而发吧。

不过，这个阮姑娘也确实才智见识非凡，比如许允卷入高层权力斗争，与夏侯玄、李丰等属于曹爽一党，但最终败于司马氏集团，他的朋友桓范被夷灭三族，他也被司马师变相杀害。消息传来，阮姑娘神色不变，巧为应对，避免了两个儿子被牵连祸害（贤媛8）。

但即使如此，许允当初还是好长时间心里挺委屈的。虽然他也知道女子“四德”首重“妇德”，可他心里还是特别想以

“妇容”为首的。与许允相比，王凝之算是娶了个“四德”俱佳的妻子，但日子还是依然过得挺憋屈的。

王凝之是王羲之的次子，娶妻谢道韫，是谢安的侄女。她才华卓绝，门第高贵，在当时、在历史上都是奇情异彩的一流才女。但这谢才女心性太高，气势太横，对王凝之很不满意，甚至是鄙视，回娘家时谈起王凝之来，更是鄙视之情形于颜色。叔父谢安就劝慰她：“王郎是王羲之的儿子，也算是一表人材，你何以如此看不起他呢?”谢道韫就奋言回答说：“看看我们谢家这一门伯父叔叔们，还有这一群哥哥弟弟们，哪一个不是人中俊杰。我就搞不懂了，悠悠天地间，怎么会有王郎这样的人?”（“一门叔父，则有阿大、中郎；群从兄弟，则有封、胡、遏、末。不意天壤之中，乃有王郎”。贤媛26）其实呢，王凝之的门第、才情都不弱，就是气度格调达不到谢才女的要求。她在娘家时训起自己的亲弟弟谢玄来，那也是声色俱厉：“汝何以都不复进？为是尘务经心？天分有限?”（你学习怎么总是没有进步呢？难道是你杂事萦心不安分？难道是你天分有限人太笨了?）但就是这样地经常被训斥，弟弟谢玄还是“绝重”他这个姐姐的（贤媛28、30）。据此可以想见，王凝之和这个谢才女在一起也挺累的，估计一开始，谢道韫训夫，王凝之还是敢还嘴的，但他的辩才肯定比不上妻子，至于气势那就更逊色了，要知道人家在娘家那是有优裕的环境和顶尖的对手实战操练过的。于是，王凝之唯有闭嘴，才能平息谢才女的声色俱厉、气势如虹。他不能趴在妈妈怀里哭诉吧，父母可是为他求娶了人人羡慕的才女名媛；他不能找弟弟献之、徽之救助吧，那也太丢他这个哥哥的脸面了；他更不能见到许允那样的朋友就诉苦吧（假如他有许允这样的朋友），许允正因媳妇貌丑而心里憋屈，他却懊悔自己娶的这个漂亮媳妇，那朋友肯定要与他绝交了。所以，他只能蜷缩到宗教信仰中寻找精神安慰了。

平心而论，对于王凝之信奉五斗米道这件事，也没什么可奇怪的，因为他们王家都在信奉五斗米道，但就数王凝之最虔诚，或者说最沉迷，这也是他在兄弟们中的"之最"吧。更为怪异的是，当孙恩暴乱，贼兵攻打到会稽郡城山阴之时，王凝之作为会稽的地方长官，竟然不做有效的拒守准备，而是做道场做祷告，并周告吏民："不须备防，我已奉请上仙，天师答应派遣数万鬼兵相助，贼自破矣。"（言语71刘孝标注）有意思的是，孙恩也是五斗米道的人，而且是传教士。大概王凝之认为这不是短兵相接的战斗，而是孙恩在与他斗法。王凝之如此昏庸无能，最终稀里糊涂地在孙恩攻陷会稽后被杀，还殃及了他的几个儿子。与王凝之的糊涂相比，谢道韫的表现要光彩得多。当她在家里听闻贼兵已攻至城下，丈夫与儿子已被贼兵杀害之时，并未惊慌失措，而是镇定自若；待贼兵杀到府门时，她还能带着府中仆众，提刀出门，手刃数人（《晋书》卷96《谢道韫传》）。这胆略、气度确实要比王凝之强出一大截。

谢家能培养出谢道韫这样的绝代才女，那是至少两代人努力的结果。当年为了给她找个般配的郎君，父母肯定也是挺操心的。当父母的，为儿女婚事操心，自然难免。遇到看中的人家，而人家又货源充足，态度大方，那是件愉快的事。比如郗鉴为女儿向丞相王导求婿，王导就把子侄们招来，让郗鉴任意挑选，于是挑到了王羲之（雅量19）。可如果你看中人家，而人家挑剔看不中你家，那是要搭上脸面的。比如谢裒为儿子谢石向诸葛恢这样的望族求婚，人家嫌他门第太低不愿意（方正25）；桓温后来发达了，为儿子向太原王坦之求婚，其父王蓝田坚决不同意把孙女嫁给老兵之子（方正58）。他们在考虑婚姻时之所以都瞄准王、葛家族，那是因为在当时——就是谢裒为儿子向诸葛恢求婚遭拒的东晋初年，王、葛是声望并称的大族，只是到了后来诸葛家族衰落，谢裒的儿子谢安、谢万兄弟崛起，才有了王、谢并称。在此之前，王、葛都是绵延数代的顶级望族。比如当时大家都在为各种排名操碎了心，王导有一次就调戏诸葛恢："大家都说王、葛，而不说葛、王，你说这排名对吗？"虽然诸葛恢知道这是开玩笑，但关系到家族声望，就决不能示弱，当即反击："大家都说驴、马，而不说马、驴，难道说驴能比马强吗？"（排调12）

但就是王、葛这样的顶级大族，也有因为儿女婚姻的糟心事。比如王导在晋室南渡之初想笼络吴地大族，便想联姻吴地头号望族陆氏，向陆玩请婚。陆玩不屑，婉言拒绝："我听说，小土堆里长不出参天劲松，而香草和臭草是不能同器而藏的。陆玩虽不才，也不能坏了这规矩吧。”（“培堘无松柏，薰莸不同器。玩虽不才，义不为乱伦之始”。方正24。）这样的请婚被拒，王导也只是丢个脸面的问题，自家儿女本身并无质量问题，而王蓝田和诸葛恢摊上的可是自家儿女的质量问题了。

王蓝田的二儿子王处之，小名阿智，可人一点都不智，而是顽劣异常，属于混世魔王型的，小时候还能说是可爱，可大了就可爱不起来了，无人问婚，无人请婚。王蓝田这个人本就是个有名的急性子，为这个儿子的婚事整天着急上火，吃个白煮鸡蛋夹不起来都能让他气个半死（详见《名士相见斗什么——斗不动声色》）。当然，他的大儿子王坦之还是挺给他争气的，是个与谢安齐名的大名士，有见识，有作为。有一天，孙绰来拜访王坦之，说是想见见阿智，然后就义愤填膺又无限关切地对王坦之说：“阿智这孩子很不错啊，完全不是外面所传的那样啊，怎么会至今无人问婚呢？”王坦之很感动，真诚地说：“还不是因为行为顽劣的名声嘛。”孙绰像是怀揣着《葵花宝典》急于兜售却又羞于讨价似的，神情很不好意思地慷慨陈言：“我有一女，还不错哦。但吾本寒士，像你这样的大名士，小女是攀不上的，我意欲阿智娶之。”王坦之一听，一下子就感觉孙绰这个人真的好帅哦，于是欣然向父亲汇报，说孙绰愿意把女儿嫁给阿智，王蓝田还在为早上吃鸡蛋的事生气呢，一听大为惊喜。……娶过来才明白，孙绰这女儿属于野蛮女友型的，人家小姑娘都是天真无邪，孙绰这女儿却是天真有邪——性情乖张，顽劣狂妄，一身邪气，完全不是孙绰这家伙所说的那样“还不错哦”。本来家里有个儿子顽劣就罢了，现在可是雌雄双煞，重出江湖了。……孙绰这家伙套路太深了，本是急着要把嫁不出去的女儿赶快脱手，还表现出急人之难、雪中送炭的姿态。想到当初听说孙绰愿把女儿嫁给阿智时的欣喜之色、感激之情，王蓝田、王坦之父子互相对视一眼，咬了咬牙——认了（假谲12）。

诸葛恢也是要嫁女儿，不过他这女儿的情况有些特殊。诸葛恢有三个女儿，大女儿叫诸葛文彪，二女儿名字无存，小女儿叫诸葛文熊（方正25刘孝标注）。这文彪姑娘先是嫁给了庾亮的儿子庾会，可在苏峻叛乱中，庾会遇难，年仅十九岁，于是文彪姑娘又砸回到诸葛恢的手里了。女儿年纪轻轻的就守寡，父母心里不忍心，得盘算着给她再找个人家。于是诸葛恢先是写信给庾亮，以征得谅解与同意，庾亮回复：“贤女尚少，故其宜也。感念亡儿，若在初没。”（伤逝8）一面说文彪姑娘年尚青春，理应改嫁，一面仍感念儿子早亡，心痛不已。庾亮心痛自家儿子，但也顾念人家女儿，这一点就比王戎强。王戎的儿子王绥与裴遁的女儿定亲，可惜王绥早亡，王戎悲不自胜，不许别人向裴家求婚，致使裴家女儿到老亦无敢娶者（伤逝4刘孝标注）。庾亮这回信算是同意了，诸葛恢就正式向女儿谈起改嫁的事，没想到文彪姑娘誓言决不改嫁。诸葛恢顿时心慌意乱，因为他好不容易才找到一个自己能看中，人家也愿意接盘的小伙子江虨，迎娶的日子也迫近了，可女儿竟然誓不改嫁。诸葛恢情急之中都想过硬招——到时候把女儿摁在婚车上拉过去算完，但想到女儿性格刚猛，否则怎么起名“文彪”呢，若到时候这丫头断无登车可能，岂不让人耻笑？盘算多日，再加与江虨反复沟通，终于憋出一个大招。诸葛恢即刻召集家中核心成员统一思想，强化认识，向府中上下放出风，说买了一个新的府院，准备搬家。于是在既定嫁娶的那一天，诸葛恢全家轰轰烈烈地搬到了新的府院，然后呢，又进行了有组织、有计划的分批撤退，于是乎到了傍晚，全家人成功撤离了这个新府院。等到文彪姑娘发觉，已被关在房中，不复得出了。……诸葛恢找来江虨，一番交代，总而言之，就是老夫只能帮你到这儿了。

江虨当晚踏入府门，登堂入室，就知道这家里已被文彪姑娘的愤怒洗劫一番了。看到江虨进门，文彪姑娘叫骂弥甚，经久不息。这姑娘果然刚猛，连日哭喊叫骂，江虨明白陪伴是最长情的告白，所以他也不对抗，也不说话，就是白天醒着陪伴，晚上睡着陪伴。夜里睡觉呢，就蜷缩在房间角落的小床上，月落乌啼霜满天，洞房烛火对床眠。……那文彪姑娘叫骂几天后，力度逐渐衰减，声调日益消歇，而且见江虨这人风格高尚，态度温和，自己的话语、动作也就不那么激越了。

这天夜里，江虨突然睡梦中发癔症，身体蜷曲，呼吸急促，像要憋死的样子。文彪姑娘在大床上被惊醒，觉得自己应该做点什么，就召唤丫环："快来，把江郎唤醒。"听到文彪的呼喊，丫环们没有回音（这难保不是江虨安排的），江虨倒是一下子从小床上跃起，说："我发个癔症，干卿何事？我还认为你根本不会在乎我呢。既然你把我喊醒了，那就与我说说话呗！"说罢就蹭到大床边，文彪姑娘"默然而惭，情义遂笃"（假谲10）。……诸葛恢听闻消息，额手称庆，默赞江虨这小子不辱使命。

虽说诸葛恢和江虨运作了文彪姑娘的第二次婚姻，但最终还算是个甜蜜的事。当然，当事人那种被运作的感觉并不会太好，尤其是奔向新生活时还要背负着深深的愧疚。

王献之病重将死，他是信奉五斗米道的，遇事惟愿符祝祈灵，以求消灾度厄，天师就让他思过忏悔，问他有何过错，需要奏禀上天，请求原宥。他心情沉痛，哽咽而言："不觉有什么要紧事，就记得与郗家离婚。"（"不觉有余事，惟忆与郗家离婚"。德行39。）这句沉痛之言有个背景。话说王献之先是娶了二舅郗昙家的表姐，名叫郗道茂，二人应是青梅竹马，感情甚好。但不料余姚公主看上了他，而且公主是个主动离婚的人。这余姚公主是简文帝的三女儿，本是嫁给桓温的儿子桓济，后来在桓温死后，这桓济因参与抢夺叔叔桓冲兵权事败而被贬流放，余姚公主就趁机离婚。只是离了婚的余姚公主对王献之开始了一往情深，要么是仰慕王献之高迈不羁的风姿，要么是感念王献之的偶一瞻顾，反正是惦记上了。当然她也挺霸道的，非要嫁给王献之不可，最后竟让皇帝爹降诏命令王献之迎娶她。据说王献之曾用艾灸脚，假称腿瘸，以示残疾，怎奈公主毫无退缩之意，此货既定，残次不论。最终诏命难违，王献之被逼无奈与表姐离了婚。此事错在自己，没有能够顶住家族和皇族的压力，王献之一直为此深深愧疚，多次致信表姐郗道茂，表达了自己的悔恨和对表姐的担忧。听到表姐身体不好，他写信："兄告说姊故殊黄瘦，忧驰可言。寒切，不审尊体复何如？眠食转进不？气力渐复先耳。"（《节过帖》）自己想念表姐了，忆起往日的欢好，他写信："虽奉对积年，可以为尽日之欢，常苦不尽触额之畅。方欲与姊极当年之匹，以之偕老，岂谓乖别至此？诸怀怅塞实深，当复何由日夕见姊耶？俯仰悲咽，实无已已，惟当绝气耳！"（《奉对帖》）可以看出，当年无奈与表姐离婚，此情此恨一直让王献之耿耿于怀，郁郁于心，最后在他四十三岁病重将死之时，临终忏悔，唯念此憾，其真诚可见，沉痛可悯，确如他所说的"实无已已，惟当绝气"——心中的惦念，无法消止，惟待气绝了。

王献之的婚姻也是被运作了的，而且是缘于皇家权势和家族利益的胁迫。这种家族利益、政治权力胁迫的婚姻给当事人带来了深深的伤痛，完全没有那些出于自己意愿者心情愉悦、精神舒畅。名士们自选婚配的前提，肯定是要亲眼见到真容的，无论陌上相逢，还是街头偶遇，女方都应具有一些让他们眼热心动的闪光点。当然，他们能说出来的标准、原则各有不同。

王湛年轻时偶然看中了郝家姑娘，便请求父亲出面向郝家求婚。郝家门第不高，与他们王家并不匹配，按当时规矩，绝无可能。但父亲还算开明，反正儿子也无人来问婚议婚，就答应了。郝家姑娘果然行事大方有度，“高朗英迈，母仪冠族”，在王家可称得上是杰出青年、模范媳妇。亲戚朋友们就向王湛咨询，如何才能在芸芸众生中精准地选出理想的人生伴侣呢？王湛就道出了当初自己的判断原则，说当时在路边一个井台上看到郝家姑娘在取水，周围人那么多，但此女不怯场，不怕生，动静有法，进退有度，神色闲雅，落落大方，绝无小女子的忸怩之态。于是就此看中，破格选拔（贤媛15）。

周浚也是偶遇意中人，并自求婚姻。周浚有一次在家乡汝南安城郊外打猎，突遭暴雨，只得就近到一户姓李的人家避雨休整。李家虽然富足，但门第低微，当时家中又恰逢兄弟们不在，女儿李络秀听闻家中来了贵人，于是就在后院勇猛上阵，亲自与一个女婢屠羊宰猪，忙活着为数十人准备饭菜。父亲便在前面厅堂招待着周浚这个地位高贵的客人，但见食物利落，事事精办，周浚就奇怪李家短时间内置办这么丰盛的饭菜，为何听不到屋外有噪杂叫嚷之声呢？于是便借故窥探，发现后院有一女子“状貌非常”，周围猪羊秩然横陈，杯盘井然罗列，而姑娘神情从容，意态潇然，其风神气度直追嵇康锻铁、庖丁解牛。周浚一见之下，惊为天人，回府后就派人来求婚，但李络秀的父兄不答应，觉得高攀不上。李络秀倒有一入侯门的豪气和胆略：“咱家门户低微，何惜一女？若连姻贵族，将来或大益。”父兄即从之（贤媛18）。后来李络秀嫁到周家后，生了三个儿子：周顗、周嵩、周谟。老大、老二都性格正直刚猛，一如其母，尤其是老大周顗（字伯仁），高大俊朗，洒脱不羁，颇有他娘当年拎刀解猪的气度风范（详见《那些敢爱敢恨的名士们》）。

王湛、周浚自求婚配，大面上的原则是看中了人家姑娘的品德和能力，当然姑娘的身材相貌也应不弱，否则遇到的若是阮姑娘那样的相貌风格，冲眼又冲鼻的，二人也就不会启动向往之意、慕恋之心了。我们也知道郝家姑娘是“高朗英迈”的，李络秀是“状貌非常”的，再加上恰当环境、恰当时间、恰当心情的烘托，如此一来，在王湛、周浚的眼中那就是“惊艳”了。但他们都没有也不敢公开说自己只是看上人家身材好、相貌俏的，就是许允那么委屈气愤，在被阮姑娘教训的时候，也不敢说出自己就是好色而不好德的心里话。然而，就在许允所在的那个时代里，有个名叫荀粲的人，却明确、公开地喊出了他们的心声：“妇人德不足称，当

以色为主。”（惑溺2）

荀粲是东汉名臣荀彧的儿子，曹魏时期的玄学家，交游甚严，往来者皆一时俊杰。他认为妇有四德，首重妇容，所以听说曹洪家女儿漂亮，就欣然求婚。荀粲对这个漂亮妻子十分疼爱，感情至笃，可惜曹女身体不好，常有发烧。冬天里曹女身体烫得厉害，荀粲就光着膀子到院子冻得冰凉，然后回房“以身熨之”，为曹女降温。可惜曹女过了几年还是病重而亡了，荀粲悲痛欲绝。好朋友傅嘏前来吊丧，劝慰他：“女子如能才色并茂，这是最难遇难求的。可是你选择婚配的原则，就是轻才而重色。如此一来就好办了，咱们不论才智，专求美色，这并非是什么难遇难求的事吧，何哀之甚呢？”荀粲幽然慨叹：“佳人难再得啊！虽说曹女不算是倾城倾国之色，但对我来说也并非易遇易得的了。”最终，他未能走出曹女亡故的伤痛，一年多后也追随曹女而去了，年仅二十九岁（惑溺2）。

荀粲倡言“妇人当以色为主”，这的确是石破天惊之论，估计很多人口虽不敢言，心亦向往之；行虽不能为，心实仰慕之。荀粲因为声称好色不好德，因为过度疼爱妻子，还因为哀悼亡妻过甚而死，“获讥于世”。但他出于自己的意愿，坚持自己的原则，表达了对美色的看重，要之不是以玩弄的态度，而是投入了自己的真心与真情。如此，对于美色的好，他是坦诚了自己的真心；对于美人的爱，他是付出了自己的真情。荀粲之重于色、深于情，这是否也是许允们渴望达到的目标，倾心向往的境界呢？

名士但得常无事

王恭这个人性格刚直严正，喜欢慷慨直言，曾经很响亮地说过这么一句话："名士不必须奇才，但使常得无事，痛饮酒，熟读《离骚》，便可称名士。"（任诞53）他认为一个名士首先要做到"常得无事"，就是要能闲下来。

一、"常无事"需要不受俗累

"闲来无事"这个词，轻巧地道出了"闲来"与"无事"的相互支撑关系。无事，最直接的表现状态就是闲散，最简单的达成方式就是无为。有闲，无为，这是名士们所向往的生活状态和人生境界。但名士们希望"常无事"的目的，并非啥事不做、无所事事，而是不去做那些不愿做的事，然后留下时间、精力、心情去做那些愿意做的事，比如喝酒、清谈。

那个最早要对名士进行量化考核的王恭，列出了名士的三条标准，第一条"但使常得无事"，第二条就是"痛饮酒"（任诞53）。但怎样算是"痛饮酒"呢？王恭没有以身作则，我们可以参照一下王大的示范。因为这俩人曾经关系很好，相聚聊天能缠绵十余日（识鉴26，德行44），还因为王大曾公开宣称自己三日不喝身上就没魂儿（“三日不饮酒，觉形神不复相亲”。任诞52）。王大出身豪族（属太原王氏，王坦之的四子），自视甚高，酒力也傲视群雄，好喝能喝，晚年做上荆州刺史后尤甚，动辄醉得连日不醒。能连多少日呢？有的说是“累旬”（《宋书》卷60《范泰传》），有的说是“连月”（《晋书》卷75《王忱传》），意思指醉得一个月不省人事。当然也有醉得省人事的时候，这时，为了显示自己的“痛饮酒”，他便会“裸体而游”，不穿衣服到处闲逛。最终，他因为醉酒而飘然死去，用尽了最后一滴生命来体现着饮酒之“痛”。很多人常会感慨王恭、王大二人曾经关系很好后来又很坏、几欲拔刀相杀的反转（详见《名士相见斗什么——斗不动声色》），其实呢，他们俩一直惺惺相惜，心里相互惦念着。王恭每逢雨丝风片，就不免想起王大，比如他在镇守京口时，曾晨起散步，看到新桐初引，清露沾叶，便不禁想起王大性情明净的样子，就像这初发的桐叶（“王大故自濯濯”。赏誉153）。而王大呢，也一直在默默地响应着王恭的“痛饮酒”号召，践行着王恭提出的“名士三条”，身体力行，率先垂范，不废光阴，不惜生命，活成了王恭希望的样子。

至于清谈，就是一种专业级别的聊天。当时名士们特别喜欢清谈，因为这是显摆自己地位和学问的重要平台，也是鉴定自己号召力和影响力的重要方式，还是培养人才的摇篮、炫耀口才的舞台、展示风度的秀场（详见《名士相见斗什么——斗嘴》）。所以呢，这清谈就成了当时名士们聚会的重要目的，串联的方便理由了。刘惔是名士圈里的清谈高手，特别喜欢清谈，闲着没事到处找人清谈，目的就是要看不起人家一番，绝对是一流的职业差评师。当然，他也不是一个人在战斗，而是经常拉着王濛，一者因为二人是知己、至交，王濛曾宣称“刘尹知我，胜我自知”（赏誉109）；二者因为刘惔自视甚高，性格“至峭”（赏誉146），辩论起来，锋芒毕露，咄咄逼人，而王濛则要柔软、宽厚得多，每当刘惔让别人下不来台时，他都能本着友谊第一、比赛第二的原则，出手救场，否则以刘惔的立论犀利、出言刻薄，早就没人陪他玩了。所以，刘、王二人那刚柔相济、配合默契的身影就经常出没于当时大大小小、正式非正式的名士聚会场合，闲聊闲扯。热闹处去得烦了，幽僻处也要去趟一趟。

于是乎，二人就带着高僧支道林，飘飘荡荡地来到了何充的办公室。人家何充正忙着批阅文件，顾不上搭理刘惔的闲情逸致。刘惔就有点不高兴了，想着名士圈都在标配山水秀、清谈秀、高僧大侣秀，自己今天好不容易标配了一位高僧，显摆到你这儿了，竟然不给面子。他对何充说：“我今故与林公来相看，望卿摆拨常务，应对玄言，那得方低头看此邪？”（政事18）

还有一次，二人竟转悠到了蔡谟府上。其实，他们本来是看不上此人做派的，因为蔡谟这个人性格方正谦慎，没有二人所崇尚的那种高蹈旷达的名士风度。宾主双方坐在一起，由于处世观念、审美情趣的迥然不同，实际上相互感觉都挺累的，聊起来毫无共同语言，毫无实质内容。后来总算聊到点实质内容了，那还是因为刘惔没有忍住他的刻薄："公自言何如夷甫？"夷甫指王衍，当时的朝廷重臣、著名清谈家。这基本是一个故意挑事的问题了。蔡谟也不含糊回避，直接回答："我不如夷甫。"王、刘二人默契又得意地相视而笑，顿感此行不虚，急忙追问，以求扩大战果："公何处不如？"蔡谟反手一击："夷甫没有你们这样的客人！"（"夷甫无君辈客"。排调29。）刘、王二人顿时嘿然无语。像蔡谟这样他不喜欢人家、人家也不喜欢他的主儿，二人都愿意蹭过去清谈闲聊，可见他们的清谈路子够野的，生活也够闲的了。

但无论怎么闲来无事，名士们所希望的常无事，并不是不做事，而是不愿做自己不喜欢的事。他们自然有愿做的事，就是那些能让自己成为名士的事，或者能显得自己很名士的事。这么说来，所谓的"无事"，是要考虑"无"什么样的"事"，这里又涉及到对事要进行分类区别的态度。那些愿意做的事，当然是雅事，至于那些不愿做的事，则一概斥之为俗事。而名士们希望的常无事状态，就是不为俗事，不受俗累，摆脱外物的羁绊与纠缠，达于闲畅散淡的超脱旷达之境。他们尊敬的老一辈名士代表嵇康曾说过"外物以累心，不存神气”——心中堆满外物，灵气自难存留，也是倡导大家不要被外在事物所牵累，这样才能“旷然无忧患，寂然无思虑”，“泊然无感而体气和平”（嵇康《养生论》）。

二、工作、钱财都是俗累

所以，名士可以荒于醉酒，荒于清谈，但不可以荒于俗事。哪些是俗事呢？最常见的就是工作和挣钱了。

名士们喜尚高蹈虚谈，不以民生世务婴心，也看不起那些勤于职守、好好工作的人。比如刘惔、王濛就看不起何充、蔡谟，认为何充只知埋首案牍、没有闲雅散淡的生活情趣，认为蔡谟整天瞄着道德规范、不解随性旷达的风情。当然，何充、蔡谟也看不惯他们，也批评他们，但难以扭转弥漫于名士圈的这种风尚。比如卞壸也属于勤勉吏事、崇尚实干的一派，更是愤激于名士之越礼放荡言行，决然以匡正世风为己任，对温峤、王澄、谢鲲这些人的荒放任达做派大相抨击（任诞27），但名士圈对他的所作所为“无卓尔优誉”，阮孚还讥笑他：“卿恒无闲泰，常如含瓦石，不亦劳乎？”（《晋书》卷70《卞壸传》）之所以如此，就是因为这种风尚是受到位高权重者欣赏与支持的，比如卞壸所批评的温峤，蔡谟所批评的王导。

王导是这种荒放任达风尚的倡导者和实践者。早在扬州刺史任上，他曾派遣属下巡视所辖八郡，主要是调查各郡太守有无违法犯纪。各巡视组按规定时间返回后，例行举办了一个工作汇报会，各组长篇大论地陈述了对相关郡守的调查情况，轮到顾和这个组长汇报了，竟无所陈述，不发一言。王导就纳闷，你也下去转悠了这么长时间了，难道啥也没干？顾和就回答："明公您治理州郡，一向事从简易宽厚，有似网漏能吞舟，如今为何要这般采听风闻，用如此严苛琐细的管理方法呢？"（"明公作辅，宁使网漏吞舟，何缘采听风闻，以为察察之政？"）王导听此一番话，不但没有生气，反而"咨嗟称佳"（规箴15）。顾和不好好工作，还能得到赞赏，乃因为其所言所行恰好顺应了王导所崇尚的政务宽恕、事从简易的执政理念。

等到王导做了丞相之后，自己也不好好工作了。各地各属递送来的文书，不论长短厚薄，直接翻到末尾写个"诺"字，以示圈阅（政事15）。这种工作态度让对手找到了弹劾他的理由，陶侃、庾亮都曾先后借口他昏愦无能而荒废工作，想要起兵废掉他，奈何郗鉴（王羲之的岳父）坚决不同意，答应一定去好好规劝、敦促他勤于职守，在其位要谋其政。但王导每次在路上遇到郗鉴拉开架势要规劝时，都能柔韧地岔开话题，或是装傻装糊涂，最后逼得郗鉴在去京口任职之前特意登门一决胜负。郗鉴一坐下来就直奔主题，不给王导任何岔开话题、溜边钻缝的机会，也省得让王导逮着机会天南地北地绕个没完。于是郗鉴板着脸、情绪激昂地说了一大通，也不知是铿锵有力呢还是结巴啰嗦，人家王导掐准他结巴换气的空档，及时温柔地拉着他的手说：“郗兄，我知道你将要返回京口，此去一别，也不知后会何期，你我兄弟真是不忍分离。兄所诉临别之情，我已明白，勿复多言。时候也不早了，我送你登程上路。”（“后面未期，亦欲尽所怀，愿公勿复谈”。规箴14。）郗鉴都不知道自己是如何被温柔地带出府门的。……呆立门外，晕晕乎乎的，郗鉴有所思，郗鉴有所忆，终于明白自己中了王导的移魂大法了。实际上，王导不是糊涂，而是对自己的这种工作态度、理政思维非常自信：“有人说我糊涂，但后人会怀念我这种糊涂的。”（“人言我愦愦，后人当思此愦愦”。政事15。）不过，这种态度也确实助长了当时的高蹈虚谈风尚，使得勤于吏职者吃力不讨好，而有闲无为者却成了被热烈追捧的名士。

另外，名士们也不屑于谈论金钱，因为金钱是秽物，如粪土，贪恋钱财是鄙陋行为。王戎是竹林七贤之一，曾经，阮籍对这个小自己二十四岁的年青人很赏识，但后来却视他为“俗物”（排调4），就是因为此人所暴露出的强烈物欲。王戎热衷于聚敛钱财，置办房产，园田周遍天下，但又十分节俭，非常吝啬，自己不舍得用，穿得很简朴，也不舍得给别人用，“财不出外”。比如侄子结婚，他只送了一件单衣，过后竟又讨了回去（俭啬2）；女儿家借了他钱数万，每次回娘家来，王戎都不给好脸色（俭啬5）。即使后来他既富且贵了，还要受贿（雅量6），还是斤斤于财货，“每自执牙筹，昼夜算计，恒若不足”（《晋书》卷43《王戎传》）。当时人实在理解不了他这种强烈的贪鄙行为，只能称这是一种病，而且是“膏肓之疾”。

像王戎这样的“钱癖”当时不在少数。祖约好财，而且有个爱好，就是像王戎那样没事在家数钱玩。一天晚上，他像往常一样数钱玩，突然有客来访，于是慌忙聚拢钱筐，以物遮挡，但客人进来时还是有两个小筐来不及遮挡了，就随手挪到身后，脸色慌张，眼神游离，生怕来客看见了向他伸手借钱，破坏了自己不为俗累的清雅形象（雅量15）。和峤则是明确被称为“钱癖”的人，他醉心于财货聚敛，又极端吝啬。比如他家园中有棵好李树，弟弟们去采食，他竟“计核责钱”，就是数点弟弟们所食李子的果核，然后让弟弟们付钱（俭啬1刘孝标注）。贪恋金钱、追逐财货，本就被清雅名士视为鄙陋之行了，而和峤这种对财货的变态贪恋，则是达到了不顾亲情的冷血地步。

名士们是看不起这种耽溺财货的鄙陋之行的，清慎之士更是严格要求自己，以免让秽物牵累于心，心为物役，而不能淡泊超脱，体气平和；甚至还要求口不言钱，以显示自己不贪恋财货、视金钱如粪土的名士派头。

王衍是当时的名士领袖，“俊秀有令望，希心玄远，未尝语利”（《晋书》卷43《王衍传》），甚至口中从不说“钱”字。但其妻郭氏却品性贪鄙，聚敛无厌。她非常不理解王衍的这种无意于钱财的高情远志，很想检验一下，于是就趁王衍睡着的时候，在床四周垛了一圈钱。次日，王衍醒来，见钱绕床，急呼婢女："举却阿堵物！"（"快把这些东西搬走"。规箴9。）果然不说"钱"字。

对于妻子郭氏的聚敛无厌，王衍拿她也没办法，因为此女性格刚猛，且不讲道理（规箴8），动辄拿钱砸。王衍有个弟弟王澄，当时才十五岁，年少气盛，实在看不惯了。因为郭氏的聚敛无厌太没品没格了，竟然令仆婢们闲着没事时都去路上拣粪，这太有伤清誉，有损形象了。于是王澄气哼哼地来到嫂子的房间，力陈郭氏行为的诸般不可：《大学》中说"德者本也，财者末也"，而且我们清洁自守之士本就视金钱如粪土，但粪土可不是金钱啊；您贪恋点钱财也就罢了，现在连粪土也要贪恋了，实在太低端了吧……说得郭氏大怒："你个小东西，竟敢来教训我！当初婆婆临终时，可是把你托付给我的，而不是把我托付给你的。"（"昔夫人临终，以小郎嘱新妇，不以新妇嘱小郎。"）说着就一把薅住王澄的脖领子，然后拽着他满屋子找棍子。王澄一下懵掉了，没料到嫂子根本不动口说理，于是赶紧调整战略，在郭氏没找到棍子之前，极力挣脱，逾窗而逃（规箴10）。跑到安全之处，痛定思痛，王澄这才明白哥哥王衍整天被家里聚敛的金钱和粪土恶心的不容易，也领教了嫂子深得贪财心力加持后之力量强劲、之不讲道理，觉得还是向那些视金钱如粪土的人们宣讲真善美更安全些。后来他就发挥自己喜欢评议人物的能力，顺着自己个性张扬、行事张狂的优势，创建了一个非常具有影响力的人物评议平台，逐步成长为名士评论界的风标人物，四海人士一经王澄点评，几成定论，于是“名闻益盛，天下知与不知，莫不倾注”（赏誉31刘孝标注）。

三、身不能闲，心要闲下来

可是，虽然不为俗事，不受俗累，可以达到名士们希望的旷达散淡状态，但实际上不做事是不可能的。如果一个人能不受俗累，还能优游于世，那说明另外有人帮他打底，包揽了所有的俗事，否则他如何能够红尘作伴活的潇潇洒洒，策马奔腾共享人世繁华呢，就像何充对逍遥自在的刘惔说的那句话：“我不看此，卿等何以得存？”（政事18）再者说，如果一个名士不工作，无钱财，屋不避雨，衣不遮风，那么，风，他是不缺了，可是风度呢，如何度日呢，如何保持优雅飘逸的形象，又如何传承家族的荣誉和维持家族的地位呢？但只要他去处世应物，就难免要付出或明或暗的精力，要投入或深或浅的感情。

怎么办呢？关键时刻，王弼给出了思想指引，他说：“圣人之情，应物而无累于物。”（《三国志·魏书·钟会传》注引何邵《王弼传》）这是说，俗事不避讳做，俗物不避讳用；俗事也可勤勉，俗物也可喜欢，关键是要把握好自己的心境和态度，不要被外在事物所牵累而耽溺其中，就可以“应物而无累于物”。也就是说，即使身体不能闲下来，心一定要闲下来。怎样算是心闲呢？身闲是很容易表现的，可如何才能表现出一个人心闲下来，不受俗累了呢？

先来看两个例子。

阮孚有一个私密小爱好，就是喜欢收集木屐，估计其中有不少是女性穿的色彩鲜艳、小巧精致的木屐，而且还要每天拿出来摆弄、擦拭、上蜡，这就有点恋物癖了，比收集女性内衣好不了多少，也比祖约喜欢数钱玩好不了多少，都属于身受俗累、心为物役的典型案例，所以当时都被视为鄙陋之行，社会名声也很不好。但偶然一件事，却让阮孚摆脱了差评，与祖约区分开来了。话说阮孚有客晚间来访，当时阮大人正摆弄着他满屋的木屐藏品，把它们列好队形，忙着吹火上蜡。见客人来到，也不慌忙藏匿，也不尴尬拘促，仍然气定神闲地擦拭着心爱的木屐，客人感慨他木屐收藏之丰富、精巧和别致，他悠然轻叹：“人一辈子还能穿几双屐呢。”（“未知一生当著几量屐”。雅量15。）说罢，神色闲畅，眼睛望着苍茫的夜空……应物进退之间，事有轻淡不经意处，最能窥见一个人内心的生活情趣和人生态度。祖约耽溺于外物，塞满了房间，也塞满了心间，心灵阻塞，精神板滞。其于客至而紧张遮掩之态，正体现出他苦心守财又怕损害清誉而不愿露财的猥琐形象，毫无一点名士所崇尚的随性从容、自然闲雅的格调和境界。而阮孚呢，客至而不藏匿自己的不雅爱好，脸色不紧张，眼神不躲闪，姿态率真自然不做作；更重要的是，他能身陷鞋堆而心系星空，以闲畅之态发出意味悠长的人生感慨，叹惜人生不永，时光短促，一下子就化实为虚，把一个把玩臭鞋子的不雅动作，引向了对人生意义的宏阔飘渺的思索之境，言有尽而意无穷，身应物而心无累。这与桓温“树犹如此，人何以堪”（言语55）一句慨叹对其形象的无量提升功能是一样的。

再看王子猷的例子。王子猷做过的最有名的事就是“雪夜访戴”了，“乘兴而行，兴尽而返”（任诞47），率真随意又傲达狂放，这样的性格根本不是踏实工作的料。但为了显示他们家族有力量，他们家族有人才，还得去谋职，去刷存在感，于是他来到江州刺史桓冲府上，做了一名骑兵参军。可他更想做一个名士，混迹于名士圈，而不是混职场，成为一个自己都讨厌的俗吏。那么，怎样混迹职场又能显得自己很名士呢？荒于职守、不好好工作肯定是标配了，但以王子猷追求卓绝尖新的思路，肯定不会只满足于这些路数的，他需要注入一种宏远高迈、韵味深长的名士情趣。不妨先来了解一下王子猷卓荦不羁的职场风姿。

王子猷去做桓冲的骑兵参军，根本没个好好工作的模样和态度，整天蓬首散带，在官而不理官事。领导就找他谈心了。

桓冲：你负责哪个部门啊？

王子猷：搞不清是哪个部门，时见牵马来，似是马曹。

桓冲：那，你可知道总共有多少马呢？

王子猷：我不过问马的事，何由知其数？

桓冲：那，近来马死了多少？

王子猷：未知生，焉知死？（简傲11）

估计王子猷很为自己的机智回答洋洋得意，因为他竟然用上了《论语》中孔子的那句境界高远、姿态超迈的话——“未知生，焉知死”。而且，连续又直接地以问句对问句，硬生生地逼使领导最终明白到自己的多余和自己问话的多余。

桓冲拿他这样的名士派头没办法，看样子还得多引导、多交流。第二天早上一上班，桓冲就视察到王子猷的办公室，看到这人已经坐在办公室了，还不错，上班很准时，就鼓励一下：“你来工作有一段时间了，这个部门的事务还请你费心料理。”（“卿在府久，比当相料理。”）王子猷没搭理他，只是别着头，笏板撑着脸颊，苍茫地望着窗外。桓冲被这卓尔不群的姿态牵着，也在那儿别着脑袋，陪着王子猷空洞地朝窗外望去。……良久，王子猷轻轻地用下巴指了一下那远处的隐隐西山，悠悠地吐出一句：“西山朝来，致有爽气。”（简傲13）看着三四十里外的绵延西山，就能感觉到一股清爽之气袭来。桓冲知道这个人没救了，自己在这里小心翼翼地给他谈工作，而他只是傲然默坐，悟对青山，冥想林泉，沉浸在玄妙的山水畅想之中。

如此看来，名士们表达身不闲而心闲的思路，应该是这样的：一个人处世应物，必然会被俗事俗物羁绊，但身受俗累了，心可以不受俗累，就是要对俗累不走心、不过心、不挂心——若无俗事挂心头，便是人间好时节。而为了表明你心头没有挂俗事，最好的办法就是心头挂雅事，那么接下来要考虑的就是心头挂什么雅事最能说明心闲，那就挂一些大而无当的事情，一些幽远飘渺的东西，比如人生感慨，比如山水。

心头挂山水，就是个很好的境界。一个人误落尘网，万千缠绕，心中塞满了俗事，弥漫着尘土味，神态怎能清扬，眼神怎能明亮？又怎能感受万物的灵动，容纳精神的飞升？那么最好要用山水的灵性来清洗俗尘，涤荡庸杂，让心空闲下来，这样才能感受到寂静夜晚里春山的虚空宏阔，才能让自己的精神往来飞升其间，浩浩焉如鸿毛之遇顺风，巨鱼之纵大渊。

所以，那个时候，名士们都很崇尚山水的灵性，那些归隐于林泉、陶冶于山水的文人都被视为高士，倍受世人赞赏、追捧和崇敬，所获得的声誉并不低于理政的事功成就。比如何准，他是何充的五弟，兄弟俩的人生道路完全不同，何充热心于事功，当上了骠骑将军，位居丞相，他就以自己为榜样，屡劝弟弟何准出仕，但何准不愿出仕做官，而是雅好隐逸，高情避世，当时亦享大名，所以就对哥哥的规劝很是不屑："予第五之名，何必减骠骑？"（栖逸5）再看孟嘉与弟弟孟陋。孟嘉（字万年）游宦京城建康，颇有盛名，桓温称他是"盛德人"（识鉴16刘孝标注），而孟陋（字少孤）则绝迹世俗之事，"布衣蔬食，栖迟蓬荜之下"，留连山水田园，无意世间宦达，亦素有高名。因此，京城名士便很想见见这位高士，就假传"兄病笃"的信息，招致孟陋急忙赴京。孟陋仓促之间，难免狼狈，但其挟带的飘逸闲雅之神态，仍让京城时贤一见倾慕，无不啧啧赞叹："少孤如此，万年可死。"（栖逸10）

孟陋之所以能得到如此的倾慕与推重，除了当时以隐逸为高的风尚使然，也是因为高士们心中有山水的涵养，所陶冶出的优雅闲畅的风姿神态让那些经纶世务者倾心向往。正因为这种风尚，正因为这个缘故，当时的人物品评，也会以一个人心中是否有山水的涵养来评判其性情和境界的高下优劣。

庾亮这个人，年青时意气风发，汲汲于事功，当其作为辅政大臣任中书令时，错判局势，招致了苏峻之乱；后来镇守武昌时，又努力经营，意图收复中原，奈何苍天不佑，北伐方略失败。这中间他还不满丞相王导理政昏愦，想率众废之，又因郗鉴劝阻而告终。这么看来，他作为官员的业绩很是难看，想干的大事没一个能干成的，但他作为名士的品性却一直保持着，没有被粗砺的俗尘打磨掉。比如在他镇守武昌期间，一个风清月朗的秋夜，属下一帮名士在南楼搞什么赛诗会、诗歌朗诵会一类的东西。他也穿着睡衣，踢拉着木屐，跑来参加，“因便据胡床，与诸人咏谑，竟坐甚得任乐”。后来王羲之与王导谈及此事，王导很不屑地说：“看来庾亮是老实点了，不再像以前那么瞎折腾了。”（“元规尔时风范，不得不小颓。”）王羲之答了一句话：“唯丘壑独存。”（容止24）这是赞赏庾亮仍然保有对自然山水的向往之心，以及领悟山水灵性的审美情趣。后来，孙绰撰写《庾亮碑文》，也特别强调他所具有的山水情趣，说庾亮“雅好所托，常在尘垢之外。虽柔心应世，蠖屈其迹，而方寸湛然，固以玄对山水”。意思是说庾亮虽然寄身于尘垢之中，但心中常存山水的涵养，故能“方寸湛然”，素心明净，精神超然于世俗之外。

应该说，庾亮在军政功业上混得够憋屈的了，唯一让人赞赏之处就是他的“丘壑独存”。但就是这么一个亮点，谢鲲也想给他抹去。晋明帝司马绍问谢鲲：“君自谓何如庾亮？”谢鲲答：“治国才能，臣不如亮。纵意丘壑，自谓过之。”（品藻17）但纵观庾亮的一生事功，想干的治国大事都没干成，反而招致祸乱与痛批。庾亮这样无处落实的治国才能，谢鲲还要特别推重，而被王羲之特别赞赏的“丘壑独存”，谢鲲反而非常不屑，还顺势吹嘘自己比庾亮强的地方就是“纵意丘壑”。如此看来，谢鲲这句话就有点不厚道，他显摆自己高情远志、超脱闲畅的名士派头，还趁机一句话把人家最后剩下的一点光彩给抹掉了。

夸耀一个人"方寸湛然"、"纵意丘壑"，都是指此人心中有山水的涵养，有领悟山水的审美情趣。一个人堕入尘网，身受俗累，但若心中涵养着山水，那也是会受到赞赏的。因为他们认为一个人若有山水来洗涤心灵，自会心明眼亮、精神洁净；即使此人汲汲于事功，牵累于世务，只要心中存有山水的涵养，就能保持高洁飘逸、优雅从容的精神境界。所以，王子猷说自己"散怀山水，萧然忘羁"（王子猷《兰亭》），要用悟对山水的超迈姿态，来显示自己"应物而无累于物"的人生境界；孙统"居职不留心碎务，纵意游肆，名山胜川，靡不穷究"（《晋书》卷56《孙统传》），向往着"茫茫大造，万化齐轨。……凡我仰希，期山期水"之境（孙统《兰亭》）；谢灵运也特别强调自己"昔余游京华，未尝废丘壑"（谢灵运《斋中读书》），表示丘壑自然是他永远的精神家园，曾经来过，从未离开，自己虽然要去出仕应物了，但心头会永远记挂着山水。

他们都是想用心涵山水来表达一种自由闲静的精神状态，认为只要心涵山水，即使身应尘俗，也可以身不能闲而心能闲，进而从各种冗杂现实的纠缠中超脱出来，让心灵在空寂虚静的世界里感受自然，接纳万物，由此而达到应物而无累于物、身不闲而心闲的超脱旷达状态。当时的名士们特别欣赏这种"应物而无累于物"理念的践行者，也特别向往这种心涵山水、体悟自然的精神状态。

四、为脱俗累，甘受雅累

名士们要以心中有山水涵养来表现自己具有高洁飘逸、优雅从容的精神境界，来显示自己不为物役、心无俗累的闲畅旷达姿态。但作为一个手段、方式，用心头记挂山水灵性，来表达自己应物而不累于物、身不闲而心能闲的旷达状态，虽然比不上心头记挂人生感慨那么玄妙，但仍然不好量化，不好把握，也不易操作。比如我能够做出悟对山水的模样，可并没有真切地体会到精神超脱旷达、不受俗累的感觉，怎么办?

实际上，在“应物而不累于物”这个思路上，名士们构思出了许多不受俗累的摆脱、超脱、洒脱姿态，不断地比拼着创意。有人走“内修”的路子，心涵山水，领悟自然，游心于空寂的玄冥之境，比如王子猷。有人走“外修”的路子，醉酒荒放，借助酒力把自己从尘世俗务中超拔出去，飞升于宏远辽阔的飘渺之境，比如刘伶（任诞6）。尤其当王恭明确提出“名士三条”，粗暴地撕掉了名士做派的迷幻色彩，规划出简易版名士速成方法：“名士不必须奇才，但使常得无事，痛饮酒，熟读《离骚》，便可称名士。”（任诞53）一下子让躁竞奔腾于各大名士排行榜的老一辈们暗自窃喜，顿感澄彻，也让迷惘前行于名士成长路上的年轻人们无比激越，倍受鼓舞。

喝酒，“痛饮酒”，谁都会，它比“熟读《离骚》”更为简便易行，而且确实能让人真切地体会到那种摆脱尘务、不受俗累的超脱旷达状态。王恭的爹王蕴就说：“酒正使人人自远。”（任诞35）丞相王导的儿子王荟说：“酒正自引人着胜地。”（任诞48）这都是他们自己的切身体会、经验之谈，简洁有力地宣扬着“痛饮酒”之于超脱旷达状态的方便性、快捷性。陶渊明的态度要更为真诚些，他在每次饮酒后一般都会有个总结报告，描述一下饮酒的妙处，比如“试酌百情远，重觞忽忘天”（《连雨独饮》）、“泛此忘忧物，远我遗世情”（《饮酒》其六），也在反复宣扬着饮酒能带你晕眩带你飞的美妙——让你真切地得到精神发散、灵魂飞升的恍惚感觉，进入摆脱掉肉身、超拔于尘世的物我两忘的自由澄明之境。

而那个王大，不但忠实地践行着王恭的“名士三条”，还根据自己的亲身体验，激励、号召大家“痛饮酒”，因为“三日不饮酒，觉形神不复相亲”（任诞52），而且，为了宣扬“痛饮酒”之后的轻松感、澄澈感、超脱感，他还把裸袒与饮酒捆绑表现，在痛饮酒之后裸体秀，或在裸体秀之后痛饮酒。有一次，岳父家遇有丧事，王大也是趁着醉得还省人事的时候去吊丧。岳父见有人来吊祭，依礼恸哭，王大竟“与宾客十许人，连臂被发裸身而入，绕之三匝而出”（《晋书》卷75《王忱传》），就算是对逝者的祭奠，对岳父的慰问了。

这种把裸袒与饮酒并行体验的方式，并非王大的首创，早在魏晋名士风度的开拓者竹林七贤那里就已经玩过这些。王隐《晋书》中说阮籍“嗜酒荒放，露头散发，裸袒箕踞”，不过更奔放的是刘伶，他“恒纵酒放达，或脱衣裸形在屋中”（任诞6。详见《名士们为何那么在意容貌》），就是为了展示一种傲俗放达的姿态。他们认为，凡属羁绊身心的俗累都应该摆脱掉，醉酒能让心中不挂俗事，裸体能让身上不挂俗物——俗累不挂身也不挂心，就能达到一种身心彻底自由超脱的旷达状态。后辈追慕竹林七贤的风范，就逐渐形成了名士放达一派，甚至是放荡一派，而且在显示超脱旷达、摆脱俗累的姿态上更是异彩纷呈，不断地比拼着创意，“或乱项科头，或裸袒蹲夷，或濯脚于稠众，或溲便于人前，或停客而独食，或行酒而止所亲”（葛洪《抱朴子·刺骄篇》）。当然最经典的招式还是纵酒和裸形，二招并施者则为“裸饮”。在这方面，阮籍、刘伶之后就是谢鲲、周顗、王澄为代表了。

谢鲲是谢安的伯父，是竹林七贤之后践行名士标准的重要代表人物。能称得上代表人物，就是说，凡是名士应具备的业务他都精通，凡是名士要显摆的招数他都熟练。他夸耀自己“纵意丘壑”，拥有对山水灵性的领悟力、审美力（品藻17）；他调戏邻家高姑娘，被人家用梭子打掉两颗牙齿，还满不在乎地说“犹不废我啸歌”（《晋书》卷49《谢鲲传》）。至于饮酒、裸袒这样的招式，就更不用说了。为此他还团结了一批人，组织了一个叫“江左八达”的小社团，有胡毋辅之、阮放、毕卓、羊曼、桓彝、阮孚、光逸等人，经常聚会裸饮，不舍昼夜。据说光逸（字孟祖）避乱渡江，刚找到胡毋辅之的家门时，谢鲲等七人在里面“散发裸裎，闭室酣饮已累日”，守卫不让进，光逸很着急，就于院墙外脱掉衣服钻进狗洞，大喊大叫，声达室内。辅之惊曰：“其他人绝对干不出这事儿，必我孟祖也。”遽呼入，遂与饮（《晋书》卷49《光逸传》）。光逸之脱衣、钻狗洞、大声喊叫，充分体现了那个时代名士们追求酣饮、裸袒这类名士标准的急迫、焦躁心情。

在“江左八达”之外，有一个与谢鲲齐名的名士放荡派领袖，就是那个差点挨嫂子棒打的王澄。王澄与谢鲲是当时齐名的两个引领时代潮流的名士，也是同甘共苦的圈内同道。“同甘”是指二人共同受到当时贵游子弟的追慕，“共苦”是指二人名字经常捆绑在一起被礼法派们抨击，比如卞壶就公开斥责他们“悖礼伤教，罪莫斯甚。中朝倾覆，实由于此”（《晋书》卷70《卞壶传》）。当然，二人也确实经常在一起玩耍，因为谢鲲曾在王澄的哥哥王衍王太尉手下任职，“八达”的聚会也时常邀请王澄参加，“酣宴纵诞，穷欢极娱”。后来王澄出任荆州刺史，更是“日夜纵酒，不亲庶事”，甚至“寇戎急务，亦不以在怀”（《晋书》卷43《王澄传》）。而王澄作为名士放荡派领袖的标志性动作，就发生在他赴任荆州刺史的送行会上。当时，王太尉及京城时贤聚集郊外长亭，王太尉作了充满殷切期望和热情鼓励的讲话，路边大树上便适时地响起了幼鹊们的稚嫩叫声，王澄在大家殷切的目光中，并没有按既定程序登台致谢，展望前路，而是兀自摘掉头巾，脱去外衣，兀自骗腿上树，直奔鸟窝而去。爬至半途，不料内衣被树枝挂住，又兀自摆脱内衣，光着屁股直捣鸟窝，终得手擒幼鹊而下，神色自若，握鸟而立，为之四顾，为之踌躇满志。然后轻轻地抚弄幼鹊，一身轻松地赴任荆州而去（简傲6）。

与谢鲲、王澄相比，大名士周顗的各项傲俗放荡的业绩也并不逊色。周顗早年以风德雅重而获海内盛名，是当时年青人学习的榜样，同龄人羡慕的偶像（详见《那些敢爱敢恨的名士们》），但衣冠南渡之后就放松了对自己的要求，嗜酒荒放，只有姐丧时三日醒，姑丧时三日醒，时人谓之“三日仆射”（周顗官至尚书左仆射。任诞28），而且还屡屡因醉酒而失态失礼、失口失手。失口也就罢了，顶多就是“上下其口”，秽杂无检节，让晚辈年轻人听得心旌摇荡、心潮澎湃而已。但失手可就严重了，神智不清时“上下其手”，就会惹来大麻烦。

那个时候社会上流行俗乐艳曲，贵戚朝臣们的宴席聚会也喜欢安排个女伎歌舞，以活跃气氛，增进感情。比如丞相王导就喜欢在家里施设床席，请客观赏女伎表演（方正40）。尚书纪瞻妙解音乐，也蓄养女伎，乌衣巷里建的大宅子也漂亮，亭台楼阁，池塘花木，搭配得很别致。他热忱地邀请一帮朝臣朋友们来府里赏玩，王导、周顗也在座。纪瞻不但显摆府上的园林景色、伎乐表演，还让自己的爱妾出来为大家演唱新曲，应该说纪瞻这招待朋友的态度是非常真诚的，朋友们也很为纪瞻的真诚所感染，纷纷开怀畅饮，气氛非常融洽祥和。但想不到的是，周颉周大人竟然真诚地“于众中欲通其妾，露其丑秽，颜无怍色”（任诞25刘孝标注）。周颉出其不意、气定神闲地施出这么一大招，一下子就把大家完全震住了，那个纪瞻比他爱妾还要目瞪口呆：“周大人您可是青年人的偶像啊！”这事最终被捅到纪律监察部门了，就以荒醉失仪，奏请免官。但晋元帝人性化执法，特降诏宽恕：“颉参副朝右，职掌铨衡，当敬慎德音，式是百辟。屡以酒过，为有司所绳。吾亮其极欢之情，然亦是濡首之诫也。颉必能克己复礼者，今不加黜责。”（《晋书》卷69《周颉传》）意思就是说，周颉这个人平常都很正经的，偶尔不正经一下，情有可原，都是酒闹的——他当时喝到了美酒，看到了美女，太高兴也太兴奋了，我们应该理解他这种“极欢之情”嘛；朝廷还有许多重要的事情需要周颉去做呢，他以后肯定能克己复礼的，这事就不再追究了。……周颉自己也顺势作了一个总结：“吾若万里长江，何能不千里一曲！”（任诞25）虽然是承认自己失礼失态了，但更对自己的社会声望和人格魅力非常得意，那就像万里长江，浩荡东奔，滔滔不绝。

但谢鲲却对此裸体事件很有看法，也对周颉的嘚瑟很有意见。他觉得周颉做得太过分了，虽然他自己也酣醉也裸体秀，但那是在小会所小社团内部关起门来玩的，即便这样还是被礼法派们树为典型，批评不断，搞得现在一有人喝醉酒了裸奔，或裸奔了狂喝酒，就算在他头上，说是他带坏了风气。于是，他找到周顗，表达了自己与周顗并非同类的意见：“你这个人啊，就像土地庙里的大树，远望之，峨峨拂青天，让人顿生敬畏之心；但就而视之，根部则堆积了狐狸的屎尿，很骚啊！”（“卿类社树，远望之，峨峨拂青天；就而视之，其根则群狐所托，下聚溷而已。”）对于“很骚”这个评定，周顗甚是不以为然：“枝条拂青天，不以为高；群狐乱其下，不以为浊。人家大树任性率真，清静淡泊，从不装模作样。至于聚溷之秽，卿之所保，何足自称？”（排调15）后面这句是对谢鲲的反击：大树下面堆积的这些狐狸屎尿，也有你的份吧，调戏人家姑娘，被打掉两颗牙齿，这是你激情燃烧的岁月吧，所以啊，你就别把自己往外摘了，好像自己很清澈似的。

这么看来，在王恭提出“名士三条”之前，对于摆脱俗累、不为物役的生活状态和精神境界，名士们无论在内涵上还是在形式上都进行了各种路线、各个层次的探索。应该说，王恭提出的“名士三条”，并非他的个人创造，只能算是他对前辈所做名士风度探索事业的一个总结。当然这种纲目式的总结并不是为了凝练老一辈名士的光荣传统，继往开来，把名士精神发扬光大，而是避重就轻，避难就易，专拣那些方便自身条件的名士规范来弘扬。比如常无事、痛饮酒，这些只是名士超脱旷达风度的表达方式，属于外在的、形式上的名士标准，而非名士超脱旷达风度的精神内涵。

当阮籍之时，他的嗜酒荒放和傲俗狂放，自有其现实原因和精神内涵，是他用来表达意见或者掩盖意见的一种方式。阮籍所处的时代，正值司马家族谋夺曹魏政权的暗流涌动之时，司马懿父子以倡行名教为旗帜，排斥异己，杀戮政敌。清醒者即标榜“越名教而任自然”，以越礼放荡的言行，表达对虚伪名教的反感、愤恨和对抗。于是，就出现了各种从心随性的任诞放纵行为，也就是所谓的名士“作达”，比如阮籍的“嗜酒荒放，露头散发，裸袒箕踞”（王隐《晋书》卷6）。但实际上这些越礼放荡的行为根本挽救不了他们心目中的名教，也改变不了虚伪矫饰、动荡不安的现实。在政治杀戮严酷的时刻，他们也只能以故作放达的行为来掩饰内心的想法，躲避权斗的漩涡，比如阮籍不愿与司马昭联姻，就以连醉六十日的方式委婉地使司马昭领会了他的拒婚想法（详见《名士相见斗什么——斗演技》）。但当时很多人并不知道阮籍任诞放达的姿态所包裹的深隐痛苦，倒是很向往这种放浪形骸、逍遥自在的狂放姿态。阮籍的儿子阮浑长大了，很羡慕父亲那些从心随性的狂放姿态，“欲作达”，想让父亲把他领入名士圈，父子搭档一起玩，阮籍坚决制止，果断拒绝（任诞13），就是因为阮浑根本没有认识到什么是名士之“达”，也不明白自己为何要“作达”。但阮籍还是制止不了其他人家孩子的“欲作达”，于是，“后贵游子弟阮瞻、王澄、谢鲲、胡毋辅之之徒，皆祖述于籍，谓得大道之本。故去巾帻，脱衣服，露丑恶，同禽兽。甚者名之为通，次者名之为达也”（德行23刘孝标注。王隐《晋书》卷6）。实际上，贵游子弟们的这些越礼放荡行为，仅得阮籍任诞放达风度之形迹，“彼非玄心，徒利其纵恣而已”（任诞13刘孝标注）——所有这些都只是对王弼“应物而不累于物”思想的庸俗表达，对阮籍任诞放达精神的恶意发挥。

后辈之所以那么热心追慕“作达”，最明显的好处就是这么做能让自己显得很名士、很超脱、很旷达。不过，这种任诞放达行为其实挺累人的。比如对于阮籍来说，他那些任诞狂放的表达方式就是一种精神上、肉体上的自戕。在精神上，他的越礼放荡行为本是想表达对虚伪名教的痛恨和反抗，但实际上也违背了真正名教的礼义规范；在肉体上，他那种酣饮狂醉，当然是他对自己内心深哀巨痛的曲折表现方式，但又何尝不是一种掩饰心痛的自我作践行为。可以说，阮籍之自我作践所表现出的狂放行为，是抒发其内心痛苦的故作姿态，也是掩饰其内心痛苦的情非得已。但后辈们却把这种自我作践行为当成了一种时尚来追捧，来追慕，乐此不疲，用以彰显自己高情远志、超脱闲畅的名士派头。如此看来，这些用以彰显名士们摆脱“俗累”的任诞放达行为，本来就是一种“累”，只不过后来成为了时尚，可算是一种“雅累”了。至于照此而行，自己到底能不能不受俗累，会不会超脱旷达，这并不重要，只要想到这是时尚，能让自己显得很名士，即使再累，也值得追。

王恭所提出的“名士三条”，也是这类追逐“雅累”的表现。他对那些追逐“雅累”的纷繁招数进行了删繁就简的提炼，先是抽离了名士风度内在的精神因素，又在外在因素上划出了名士风度的量化标准，做成一个形式上简便易行的名士速成手册，认为常无事，不做俗事，不为俗累，就能装备上名士风度，就能显露出名士风姿。其实，对于阮籍、嵇康这些前辈们来说，所谓的名士风度，只不过是他们名士精神外化的表现形式。而事之有俗有雅，物之是俗是雅，主要在于你是否有驾驭它的能力、熔炼它的涵养，在于你做它用它时的态度和方式。但后辈们既没有足够驾驭的能力，也没有足够融通的涵养，如此一来，所谓的名士风度，已不再是他们自身精神焕发出的光彩，而是变成了可以脱离自身精神单独存在的装饰和摆设，可以随意把玩，肆意炫耀，以饰其短，以矫其态，粉饰着无能之材而故作放达，享受着江湖之累而矫伪超脱。

于是乎，同样都称为名士风度，在阮籍们是精神散发的光芒，而在王恭们则是身体披挂的装饰。到了这个时候，当初作为时代精神的名士风度，就已经成了一种外在形式上的东西，而无多少实在内涵了。

附录　世说新语（节选）

1. 本附录按照《世说新语》的原来顺序，以光绪十七年王先谦校订本为底本，收录本书所提到的《世说新语》原文。

2. 原文前面的数字，表示该条原文在《世说新语》中的原来位置。

德行第一

1. 陈仲举言为士则，行为世范，登车揽辔，有澄清天下之志。为豫章太守，至，便问徐孺子所在，欲先看之。主簿白："群情欲府君先入廨。"陈曰："武王式商容之间，席不暇暖。吾之礼贤，有何不可！"

3. 郭林宗至汝南，造袁奉高，车不停轨，鸾不辍轭；诣黄叔度，乃弥日信宿。人问其故，林宗曰："叔度汪汪如万顷之陂，澄之不清，扰之不浊，其器深广难测量也。"

4. 李元礼风格秀整，高自标持，欲以天下名教是非为己任。后进之士，有升其堂者，皆以为登龙门。

6. 陈太丘诣荀朗陵，贫俭无仆役，乃使元方将车，季方持杖后从，长文尚小，载着车中。既至，荀使叔慈应门，慈明行酒，余六龙下食，文若亦小，坐着膝前。于时太史奏："真人东行。"

11. 管宁、华歆共园中锄菜，见地有片金，管挥锄与瓦石不异，华捉而掷去之。又尝同席读书，有乘轩冕过门者，宁读如故，歆废书出看，宁割席分坐，曰："子非吾友也！"

15. 晋文王称阮嗣宗至慎，每与之言，言皆玄远，未尝臧否人物。

17. 王戎、和峤同时遭大丧，具以孝称。王鸡骨支床，和哭泣备礼。武帝谓刘仲雄曰："卿数省王、和不？闻和哀苦过礼，使人忧之。"仲雄曰："和峤虽备礼，神气不损；王戎虽不备礼，而哀毁骨立。臣以和峤生孝，王戎死孝。陛下不应忧峤，而应忧戎。"

21. 王戎父浑，有令名，官至凉州刺史。浑薨，所历九郡义故，怀其德惠，相率致赙数百万，戎悉不受。

23. 王平子、胡毋彦国诸人，皆以任放为达，或有裸体者。乐广笑曰："名教中自有乐地，何为乃尔也？"

29. 王长豫为人谨顺，事亲尽色养之孝。丞相见长豫辄喜，见敬豫辄嗔。长豫与丞相语，恒以慎密为端。丞相还台，及行，未尝不送至车后。恒与曹夫人并当箱箧。长豫亡后，丞相还台，登车后，哭至台门；曹夫人作簏，封而不忍开。

39. 王子敬病笃，道家上章应首过，问子敬："由来有何异同得失？"子敬云："不觉有余事，惟忆与郗家离婚。"

41. 初，桓南郡、杨广共说殷荆州，宜夺殷觊南蛮以自树。觊亦即晓其旨。尝因行散，率尔去下舍，便不复还，内外无预知者。意色萧然，远同斗生之无愠。时论以此多之。

44. 王恭从会稽还，王大看之。见其坐六尺簟，因语恭："卿东来，故应有此物，可以一领及我。"恭无言。大去后，即举所坐者送之。既无余席，便坐荐上。后大闻之，甚惊，曰："吾本谓卿多，故求耳。"对曰："丈人不悉恭，恭作人无长物。"

言语第二

3. 孔文举年十岁，随父到洛。时李元礼有盛名，为司隶校尉。诣门者，皆俊才清称及中表亲戚乃通。文举至门，谓吏曰："我是李府君亲。"既通，前坐。元礼问曰："君与仆有何亲？"对曰："昔先君仲尼与君先人伯阳有师资之尊，是仆与君奕世为通好也。"元礼及宾客莫不奇之。太中大夫陈韪后至，人以其语语之，韪曰："小时了了，大未必佳。"文举曰："想君小时必当了了。"韪大踧踖。

9. 南郡庞士元闻司马德操在颍川，故二千里候之。至，遇德操采桑，士元从车中谓曰："吾闻丈夫处世，当带金佩紫，焉有屈洪流之量，而执丝妇之事？"德操曰："子且下车。子适知邪径之速，不虑失道之迷。昔伯成耦耕，不慕诸侯之荣；原宪桑枢，不易有官之宅。何有坐则华屋，行则肥马，侍女数十，然后为奇？此乃许、父所以忼慨，夷、齐所以长叹。虽有窃秦之爵，千驷之富，不足贵也。"士元曰："仆生出边垂，寡见大义，若不一叩洪钟，伐雷鼓，则不识其音响也！"

11. 钟毓、钟会少有令誉，年十三，魏文帝闻之，语其父钟繇曰："可令二子来。"于是敕见。毓面有汗，帝曰："卿面何以汗？”毓对曰：“战战惶惶，汗出如浆。”复问会：“卿何以不汗？”对曰：“战战栗栗，汗不敢出。”

17. 邓艾口吃，语称“艾艾”。晋文王戏之曰：“卿云‘艾艾’，定是几艾？”对曰：“‘凤兮凤兮’，故是一凤。”

18. 嵇中散既被诛，向子期举郡计入洛，文王引进，问曰：“闻君有箕山之志，何以在此？”对曰：“巢、许狷介之士，不足多慕。”王大咨嗟。

19. 晋武帝始登阼，探策得“一”。王者世数，系此多少。帝既不说，群臣失色，莫能有言者。侍中裴楷进曰：“臣闻天得一以清，地得一以宁，侯王得一以为天下贞。”帝说，群臣叹服。

30. 庾公造周伯仁，伯仁曰：“君何所欣说而忽肥？”庾曰：“君复何所忧惨而忽瘦？”伯仁曰：“吾无所忧，直是清虚日来，滓秽日去耳。”

37. 王敦兄含，为光禄勋。敦既逆谋，屯据南州，含委职奔姑孰。王丞相诣阙谢。司徒、丞相、扬州官僚问讯，仓卒不知何辞。顾司空时为扬州别驾，援翰曰：“王光禄远避流

言，明公蒙尘路次，群下不宁，不审尊体起居何如？”

46. 谢仁祖年八岁，谢豫章将送客。尔时语已神悟，自参上流。诸人咸共叹之，曰：“年少，一坐之颜回。”仁祖曰：“坐无尼父，焉别颜回？”

49. 孙盛为庾公记室参军，从猎，将其二儿俱行，庾公不知，忽于猎场见齐庄，时年七八岁，庾谓曰：“君亦复来邪？”应声答曰：“所谓‘无小无大，从公于迈’。”

55. 桓公北征，经金城，见前为琅邪时种柳，皆已十围，慨然曰：“木犹如此，人何以堪！”攀枝执条，泫然流泪。

57. 顾悦与简文同年，而发蚤白。简文曰：“卿何以先白？”对曰：“蒲柳之姿，望秋而落；松柏之质，经霜弥茂。”

59. 初，荧惑入太微，寻废海西，简文登阼，复入太微，帝恶之。时郗超为中书，在直。引超入曰：“天命修短，故非所计。政当无复近日事不？”超曰：“大司马方将外固封疆，内镇社稷，必无若此之虑。臣为陛下以百口保之。”帝因诵庾仲初诗曰：“志士痛朝危，忠臣哀主辱。”声甚凄厉。郗受假还东，帝曰：“致意尊公，家国之事，遂至于此。由是身不能以道匡卫，思患预防。愧叹之深，言何能喻？”因泣下流襟。

67. 刘尹云：“人想王荆产佳，此想长松下当有清风耳。”

71. 谢太傅寒雪日内集，与儿女讲论文义。俄而雪骤，公欣然曰：“白雪纷纷何所似？”兄子胡儿曰：“撒盐空中差可拟。”兄女曰：“未若柳絮因风起。”公大笑乐。即公大兄无奕女，左将军王凝之妻也。

73. 刘尹云：“清风朗月，辄思玄度。”

90. 孝武将讲《孝经》，谢公兄弟与诸人私庭讲习。车武子难苦问谢，谓袁羊曰：“不问则德音有遗，多问则重劳二谢。”袁曰：“必无此嫌。”车曰：“何以知尔？”袁曰：“何尝见明镜疲于屡照，清流惮于惠风？”

103. 桓玄诣殷荆州，殷在妾房昼眠，左右辞不之通。桓后言及此事，殷云：“初不眠，纵有此，岂不以贤贤易色也！”

106. 桓玄既篡位后，御床微陷，群臣失色。侍中殷仲文进曰：“当由圣德渊重，厚地所以不能载。”时人善之。

政事第三

7. 山司徒前后选，殆周遍百官，举无失才，凡所题目，皆如其言。唯用陆亮，是诏所用，与公意异，争之不从。亮亦寻为贿败。

8. 嵇康被诛后，山公举康子绍为秘书丞。绍咨公出处，公曰："为君思之久矣。天地四时，犹有消息，而况人乎？"

15. 丞相末年，略复不省事，正封箓诺之。自叹曰："人言我愦愦，后人当思此愦愦。"

18. 王、刘与林公共看何骠骑，骠骑看文书，不顾之。王谓何曰："我今故与林公来相看，望卿摆拨常务，应对玄言，那得方低头看此邪？"何对曰："我不看此，卿等何以得存？"诸人以为佳。

文学第四

3. 郑玄家奴婢皆读书。尝使一婢。不称旨，将挞之，方自陈说，玄怒，使人曳着泥中。须臾，复有一婢来，问曰："胡为乎泥中？"答曰："薄言往愬，逢彼之怒。"

5. 钟会撰《四本论》，始毕，甚欲使嵇公一见，置怀中，既定，畏其难，怀不敢出，于户外遥掷，便回急走。

6. 何宴为吏部尚书，有位望，时谈客盈坐。王弼未弱冠，往见之。宴闻弼名，因条向者胜理语弼曰："此理仆以为极，可得复难不？"弼便作难，一坐人便以为屈。于是弼自为客主数番，皆一坐所不及。

7. 何平叔注《老子》，始成，诣王辅嗣，见王注精奇，乃神伏，曰："若斯人，可与论天人之际矣！"因以所注为道、德二论。

8. 王辅嗣弱冠诣裴徽，徽问曰："夫无者，诚万物之所资，圣人莫肯致言，而老子申之无已，何邪？"弼曰："圣人体无，无又不可以训，故言必及有；老、庄未免于有，恒训其所不足。"

19. 裴散骑娶王太尉女，婚后三日，诸婿大会，当时名士、王、裴子弟悉集。郭子玄在坐，挑与裴谈。子玄才甚丰赡，始数交，未快；郭陈张甚盛，裴徐理前语，理致甚微，四坐咨嗟称快。王亦以为奇，谓诸人曰："君辈勿为尔，将受困寡人女婿。"

20. 卫玠始度江，见王大将军，因夜坐，大将军命谢幼舆。玠见谢，甚说之，都不复顾王，遂达旦微言，王永夕不得豫。玠体素羸，恒为母所禁。尔昔忽极，于此病笃，遂不起。

22. 殷中军为庾公长史，下都，王丞相为之集，桓公、王长史、王蓝田、谢镇西并在。丞相自起解帐带麈尾，语殷曰："身今日当与君共谈析理。"既共清言，遂达三更。丞相与殷共相往反，其余诸贤略无所关。既彼我相尽，丞相乃叹曰："向来语，乃竟未知理源所归。至于辞喻不相负，正始之音，正当尔耳。"明旦，桓宣武语人曰："昨夜听殷、王清言，甚佳，仁祖亦不寂寞，我亦时复造心；顾看两王掾，辄翣如生母狗馨。"

31. 孙安国往殷中军许共论，往反精苦，客主无间。左右进食，冷而复暖者数四。彼我奋掷麈尾，悉脱落，满餐饭中。宾主遂至莫忘食。殷乃语孙曰："卿莫作强口马，我当穿卿鼻！"孙曰："卿不见决牛鼻，人当穿卿颊！"

39. 林道人诣谢公，东阳时始总角，新病起，体未堪劳。与林公讲论，遂至相苦。母王夫人在壁后听之，再遣信令还，而太傅留之。王夫人因自出，云："新妇少遭家难，一生所寄，唯在此儿。”因流涕抱儿以归。谢公语同坐曰：“家嫂辞情忼慨，致可传述，恨不使朝士见！”

49. 人有问殷中军：“何以将得位而梦棺器，将得财而梦矢秽？”殷曰：“官本是臭腐，所以将得而梦棺尸；财本是粪土，所以将得而梦秽污。”时人以为名通。

52. 谢公因子弟集聚，问：“毛诗何句最佳？”遏称曰：“‘昔我往矣，杨柳依依；今我来思，雨雪霏霏。’”公曰：“‘讦谟定命，远猷辰告。’”谓：“此句偏有雅人深致。”

69. 刘伶著《酒德颂》，意气所寄。

84. 孙兴公云：“潘文烂若披锦，无处不善；陆文若排沙简金，往往见宝。”

方正第五

3. 魏文帝受禅，陈群有戚容。帝问曰：“朕应天受命，卿何以不乐？”群曰：“臣与华歆服膺先朝，今虽欣圣化，犹义形于色。”

5. 诸葛亮之次渭滨，关中震动。魏明帝深惧晋宣王战，乃遣辛毗为军司马。宣王既与亮对渭而陈，亮设诱谲万方，宣王果大忿，将欲应之以重兵。亮遣间谍觇之，还曰：“有一老夫，毅然仗黄钺，当军门立，军不得出。”亮曰：“此必辛佐治也。”

6. 夏侯玄既被桎梏，时钟毓为廷尉，钟会先不与玄相知，因便狎之。玄曰：“虽复刑余之人，未敢闻命。”考掠初无一言，临刑东市，颜色不异。

7. 夏侯泰初与广陵陈本善，本与玄在本母前宴饮，本弟骞行还，径入，至堂户。泰初因起曰：“可得同，不可得而杂。”

9. 和峤为武帝所亲重，语峤曰：“东宫顷似更成进，卿试往看。”还，问何如。答曰：“皇太子圣质如初。”

10. 诸葛靓后入晋，除大司马，召不起。以与晋室有仇，常背洛水而坐。与武帝有旧，帝欲见之而无由，乃请诸葛妃呼靓。既来，帝就太妃间相见。礼毕，酒酣，帝曰：“卿故复忆竹马之好不？”靓曰：“臣不能吞炭漆身，今日复睹圣颜。”因涕泗百行。帝于是惭悔而出。

12. 杜预之荆州，顿七里桥，朝士悉祖。预少贱，好豪侠，不为物所许。杨济既名氏，雄俊不堪，不坐而去。须臾，和长舆来，问："杨右卫何在？"客曰："向来，不坐而去。"长舆曰："必大夏门下盘马。"往大夏门，果大阅骑，长舆抱内车，共载归，坐如初。

13. 杜预拜镇南将军，朝士悉至，皆在连榻坐，时亦有裴叔则。羊稚舒后至，曰："杜元凯乃复连榻坐客！"不坐便去。杜请裴追之，羊去数里住马，既而俱还杜许。

14. 晋武帝时，荀勖为中书监，和峤为令。故事，监、令由来共车。峤性雅正，常疾勖谄谀。后公车来，峤便登，正向前坐，不复容勖。勖方更觅车，然后得去。监、令各给车，自此始。

15. 山公大儿着短帢，车中倚。武帝欲见之，山公不敢辞，问儿，儿不肯行。时论乃云胜山公。

16. 向雄为河内主簿，有公事不及雄，而太守刘淮横怒，遂与杖遣之。雄后为黄门郎，刘为侍中，初不交言。武帝闻之，敕雄复君臣之好。雄不得已，诣刘，再拜曰："向受诏而来，而君臣之义绝，何如？"于是即去。武帝闻尚不和，乃怒问雄曰："我令卿复君臣之好，何以犹绝？"雄曰："古之君子，进人以礼，退人以礼；今之君子，进人若将加诸膝，退人若将坠诸渊。臣于刘河内，不为戎首，亦已幸甚，安复为君臣之好？"武帝从之。

23. 元皇帝既登阼，以郑后之宠，欲舍明帝而立简文。时议者咸谓："舍长立少，既于理非伦，且明帝以聪亮英断，益宜为储副。"周、王诸公并苦争恳切，唯刁玄亮独欲奉少主以阿帝旨。元帝便欲施行，虑诸公不奉诏，于是先唤周侯、丞相入，然后欲出诏付刁。周、王既入，始至阶头，帝逆遣传诏，遏使就东厢。周侯未悟，即却略下阶。丞相披拨传诏，径至御床前，曰："不审陛下何以见臣？"帝默然无言，乃探怀中黄纸诏裂掷之。由此皇储始定。周侯方慨然愧叹曰："我常自言胜茂弘，今始知不如也！"

24. 王丞相初在江左，欲结援吴人，请婚陆太尉。对曰："培塿无松柏，薰莸不同器。玩虽不才，义不为乱伦之始。"

25. 诸葛恢大女适太尉庾亮儿，次女适徐州刺史羊忱儿。亮子被苏峻害，改适江虨。恢儿娶邓攸女。于时谢尚书求其小女婚，恢乃云："羊、邓是世婚，江家我顾伊，庾家伊顾我，不能复与谢裒儿婚。"及恢亡，遂婚。于是王右军往谢家看新妇，犹有恢之遗法：威仪端详，容服光整。王叹曰：“我在遣女裁得尔耳！”

26. 周叔治作晋陵太守，周侯、仲智往别，叔治以将别，涕泗不止。仲智恚之，曰：“斯人乃妇女，与人别，唯啼泣！”便舍去。周侯独留，与饮酒言话，临别流涕，抚其背曰：“奴好自爱。”

27. 周伯仁为吏部尚书，在省内夜疾危急，时刁玄亮为尚书令，营救备亲好之至，良久小损。明旦，报仲智，仲智狼狈来。始入户，刁下床对之大泣，说伯仁昨危急之状。仲智手批之，刁为辟易于户侧。既前，都不问病，直云：“君在中朝，与和长舆齐名，那与佞人刁协有情？”径便出。

28. 王含作庐江郡，贪浊狼藉。王敦护其兄，故于众坐称：“家兄在郡定佳，庐江人士咸称之！”时何充为敦主簿，在坐，正色曰：“充即庐江人，所闻异于此！”敦默然。旁人为之反侧，充晏然，神意自若。

30. 明帝在西堂，会诸公饮酒，未大醉，帝问：“今名臣共集，何如尧、舜？”时周伯仁为仆射，因厉声曰：“今虽同人主，复那得等于圣治！”帝大怒，还内，作手诏满一黄纸，遂付廷尉令收，因欲杀之。后数日，诏出周，群臣往省之。周曰："近知当不死，罪不足至此。"

32. 王敦既下，住船石头，欲有废明帝意。宾客盈坐，敦知帝聪明，欲以不孝废之。每言帝不孝之状，而皆云："温太真所说。温尝为东宫率，后为吾司马，甚悉之。"须臾，温来，敦便奋其威容，问温曰："皇太子作人何似?"温曰："小人无以测君子。"敦声色并厉，欲以威力使从己，乃重问温："太子何以称佳?"温曰："钩深致远，盖非浅识所测。然以礼侍亲，可称为孝。"

33. 王大将军既反，至石头，周伯仁往见之。谓周曰："卿何以相负?"对曰："公戎车犯正，下官忝率六军，而王师不振，以此负公。"

40. 王丞相作女伎，施设床席。蔡公先在坐，不说而去，王亦不留。

55. 桓公问桓子野："谢安石料万石必败，何以不谏?"子野答曰："故当出于难犯耳。"桓作色曰："万石挠弱凡才，有何严颜难犯!"

58. 王文度为桓公长史时，桓为儿求王女，王许咨蓝田。既还，蓝田爱念文度，虽长大，犹抱着膝上。文度因言桓求己女婚。蓝田大怒，排文度下膝，曰："恶见，文度已复痴，畏桓温面？兵，那可嫁女与之！"文度还报云："下官家中先得婚处。"桓公曰："吾知矣，此尊府君不肯耳。"后桓女遂嫁文度儿。

66. 张玄与王建武先不相识，后遇于范豫章许，范令二人共语。张因正坐敛衽，王孰视良久，不对。张大失望，便去，范苦譬留之，遂不肯住。范是王之舅，乃让王曰："张玄，吴士之秀，亦见遇于时，而使至于此，深不可解。"王笑曰："张祖希若欲相识，自应见诣。"范驰报张，张便束带造之。遂举觞对语，宾主无愧色。

雅量第六

2. 嵇中散临刑东市，神气不变。索琴弹之，奏《广陵散》。曲终，曰："袁孝尼尝请学此散，吾靳固不与，《广陵散》于今绝矣！"太学生三千人上书，请以为师，不许。文王亦寻悔焉。

6. 王戎为侍中，南郡太守刘肇遗筒中笺布五端，戎虽不受，厚报其书。

8. 王夷甫尝属族人事，经时未行。遇于一处饮燕，因语之曰："近属尊事，那得不行？"族人大怒，便举樏掷其面。夷甫都无言，盥洗毕，牵王丞相臂，与共载去。在车中照镜，语丞相曰："汝看我眼光，乃出牛背上。"

9. 裴遐在周馥所，馥设主人。遐与人围棋。馥司马行酒。遐正戏，不时为饮，司马恚，因曳遐坠地。遐还坐，举止如常，颜色不变，复戏如故。王夷甫问遐："当时何得颜色不异？"答曰："直是暗当故耳。"

11. 王夷甫与裴景声志好不同，景声恶欲取之，卒不能回。乃故诣王，肆言极骂，要王答己，欲以分谤。王不为动色，徐曰："白眼儿遂作。"

12. 王夷甫长裴成公四岁，不与相知。时共集一处，皆当时名士，谓王曰："裴令令望何足计！"王便卿裴，裴曰："自可全君雅志。"

15. 祖士少好财，阮遥集好屐，并恒自经营。同是一累，而未判其得失。人有诣祖，见料视财物。客至，屏当未尽，余两小簏，着背后，倾身障之，意未能平。或有诣阮，见自吹火蜡屐，因叹曰："未知一生当着几量屐！"神色闲畅。于是胜负始分。

19. 郗太傅在京口，遣门生与王丞相书，求女婿。丞相语郗信："君往东厢，任意选之。"门生归，白郗曰："王家诸郎亦皆可嘉，闻来觅婿，咸自矜持，唯有一郎在床上坦腹卧，如不闻。"郗公云："正此好！"访之，乃是逸少，因嫁女与焉。

21. 周仲智饮酒醉，瞋目还面谓伯仁曰："君才不如弟，而横得重名！"须臾，举蜡烛火掷伯仁，伯仁笑曰："阿奴火攻，固出下策耳！"

22. 顾和始为扬州从事，月旦当朝，未入，顷停车州门外。周侯诣丞相，历和车边，和觅虱，夷然不动。周既过，反还，指顾心曰："此中何所有？"顾搏虱如故，徐应曰："此中最是难测地。"周侯既入，语丞相曰："卿州吏中有一令仆才。"

25. 宣武与简文、太宰共载，密令人在舆前后鸣鼓大叫。卤簿中惊扰，太宰惶怖，求下舆，顾看简文，穆然清恬。宣武语人曰："朝廷间故复有此贤。"

27. 桓宣武与郗超议芟夷朝臣，条牒既定，其夜同宿。明晨起，呼谢安、王坦之入，掷疏示之。郗犹在帐内。谢都无言，王直掷还，云："多！"宣武取笔欲除，郗不觉窃从帐中与宣武言。谢含笑曰："郗生可谓入幕宾也。"

28. 谢太傅盘桓东山时，与孙兴公诸人泛海戏。风起浪涌，孙、王诸人色并遽，便唱使还。太傅神情方王，吟啸不言。舟人以公貌闲意说，犹去不止。既风转急，浪猛，诸人皆喧动不坐。公徐云："如此，将无归！"众人即承响而回。于是审其量，足以镇安朝野。

29. 桓公伏甲设馔，广延朝士，因此欲诛谢安、王坦之。王甚遽，问谢曰："当作何计？"谢神意不变，谓文度曰："晋阼存亡，在此一行。"相与俱前。王之恐状，转见于色。谢之宽容愈表于貌。望阶趋席，方作洛生咏，讽"浩浩洪流"。桓惮其旷远，乃趣解兵。王、谢旧齐名，于此始判优劣。

30. 谢太傅与王文度共诣郗超，日旰未得前。王便欲去，谢曰："不能为性命忍俄顷？"

31. 支道林还东，时贤并送于征虏亭。蔡子叔前至，坐近林公；谢万石后来，坐小远。蔡暂起，谢移就其处。蔡还，见谢在焉，因合褥举谢掷地，自复坐。谢冠帻倾脱，乃徐起，振衣就席，神意甚平，不觉瞋沮。坐定，谓蔡曰："卿奇人，殆坏我面。”蔡答曰：“我本不为卿面作计。”其后，二人俱不介意。

36. 王子猷、子敬曾俱坐一室，上忽发火，子猷遽走避，不惶取屐；子敬神色恬然，徐唤左右，扶凭而出，不异平常。世以此定二王神宇。

38. 王僧弥、谢车骑共王小奴许集。僧弥举酒劝谢云：“奉使君一觞。”谢曰：“可尔。”僧弥勃然起，作色曰：“汝故是吴兴溪中钓碣耳！何敢侜张！”谢徐抚掌而笑曰：“卫军，僧弥殊不肃省，乃侵陵上国也。”

识鉴第七

4. 晋武帝讲武于宣武场，帝欲偃武修文，亲自临幸，悉召群臣。山公谓不宜尔，因与诸尚书言孙、吴用兵本意。遂究论，举坐无不咨嗟，皆曰：“山少傅乃天下名言。”后诸王骄汰，轻遘祸难。于是寇盗处处蚁合，郡国多以无备，不能制服，遂渐炽盛，皆如公言。时人以谓“山涛不学孙、吴，而暗与之理会”。王夷甫亦叹云：“公暗与道合。”

10. 张季鹰辟齐王东曹掾，在洛，见秋风起，因思吴中菰菜羹、鲈鱼脍，曰：“人生贵得适意尔，何能羁宦数千里以要名爵?”遂命驾便归。俄而齐王败，时人皆为见机。

14. 周伯仁母冬至举酒赐三子曰：“吾本谓度江托足无所，尔家有相，尔等并罗列吾前，复何忧?”周嵩起，长跪而泣曰：“不如阿母言。伯仁为人志大而才短，名重而识暗，好乘人之弊，此非自全之道；嵩性狼抗，亦不容于世；唯阿奴碌碌，当在阿母目下耳。”

15. 王大将军既亡，王应欲投世儒，世儒为江州；王含欲投王舒，舒为荆州。含语应曰：“大将军平素与江州云何，而汝欲归之?”应曰：“此乃所以宜往也。江州当人强盛时，能抗同异，此非常人所行。及睹衰危，必兴愍恻。荆州守文，岂能作意表行事?”含不从，遂共投舒。舒果沉含父子于江。彬闻应当来，密具船以待之。竟不得来，深以为恨。

16. 武昌孟嘉作庾太尉州从事，已知名。褚太傅有知人鉴，罢豫章，还过武昌，问庾曰：“闻孟从事佳，今在此不?”庾云：“卿自求之。”褚眄睐良久，指嘉曰：“此君小异，得无是乎?”庾大笑曰：“然。”于时既叹褚之默识，又欣嘉之见赏。

26. 王恭随父在会稽，王大自都来拜墓，恭暂往墓下看之。二人素善，遂十余日方还。父问恭："何故多日？"对曰："与阿大语，蝉连不得归。"因语之曰："恐阿大非尔之友，终乖爱好。"果如其言。

赏誉第八

8. 裴令公目夏侯太初："肃肃如入廊庙中，不修敬而人自敬。"一曰："如入宗庙，琅琅但见礼乐器。见钟士季，如观武库，但睹矛戟。见傅兰硕，江墙靡所不有。见山巨源，如登山临下，幽然深远。"

9. 羊公还洛，郭奕为野王令。羊至界，遣人要之。郭便自往。既见，叹曰："羊叔子何必减郭太业！"复往羊许，小悉还，又叹曰："羊叔子去人远矣！"羊既去，郭送之弥日，一举数百里，遂以出境免官。复叹曰："羊叔子何必减颜子！"

10. 王戎目山巨源："如璞玉浑金，人皆钦其宝，莫知名其器。"

16. 王戎曰："太尉神姿高彻，如瑶林琼树，自然是风尘外物。"

29. 林下诸贤，各有俊才子：籍子浑，器量弘旷；康子绍，清远雅正；涛子简，疏通高素；咸子瞻，虚夷有远志，瞻弟孚，爽朗多所遗；秀子纯、悌，并令淑有清流；戎子万子，有大成之风，苗而不秀；唯伶子无闻。凡此诸子，唯瞻为冠，绍、简亦见重当世。

31. 王夷甫语乐令："名士无多人，故当容平子知。"

62. 王蓝田为人晚成，时人乃谓之痴。王丞相以其东海子，辟为掾。常集聚，王公每发言，众人竞赞之。述于末坐曰："主非尧、舜，何得事事皆是？"丞相甚相叹赏。

69. 世称"庾文康为丰年玉，穉恭为荒年谷"。庾家论云是文康称"恭为荒年谷，庾长仁为丰年玉"。

78. 谢公称蓝田："掇皮皆真。"

91. 简文道王怀祖："才既不长，于荣利又不淡；直以真率少许，便足对人多多许。"

109. 王长史云："刘尹知我，胜我自知。"

146. 谢车骑问谢公："真长性至峭，何足乃重？"答曰："是不见耳！阿见子敬，尚使人不能已。"

147. 谢公领中书监，王东亭有事应同上省。王后至，坐促，王、谢虽不通，太傅犹敛膝容之。王神意闲畅，谢公倾目。还谓刘夫人曰："向见阿瓜，故自未易有。虽不相关，正是使人不能已已。"

153. 王恭始与王建武甚有情，后遇袁悦之间，遂至疑隙。然每至兴会，故有相思。时恭尝行散至京口射堂，于时清露晨流，新桐初引，恭目之曰："王大故自濯濯。"

品藻第九

12. 王大将军在西朝时，见周侯，辄扇障面不得住。后度江左，不能复尔，王叹曰："不知我进，伯仁退？"

17. 明帝问谢鲲："君自谓何如庾亮？"答曰："端委庙堂，使百僚准则，臣不如亮；一丘一壑，自谓过之。"

规箴第十

8. 王夷甫妇，郭泰宁女，才拙而性刚，聚敛无厌，干豫人事。夷甫患之而不能禁。时其乡人幽州刺史李阳，京都大侠，犹汉之楼护，郭氏惮之。夷甫骤谏之，乃曰："非但我言卿不可，李阳亦谓卿不可。"郭氏小为之损。

9. 王夷甫雅尚玄远，常嫉其妇贪浊，口未尝言“钱”字。妇欲试之，令婢以钱绕床，不得行。夷甫晨起，见钱阂行，呼婢曰：“举却阿堵物！”

10. 王平子年十四五，见王夷甫妻郭氏贪欲，令婢路上儋粪。平子谏之，并言不可。郭大怒，谓平子曰：“昔夫人临终，以小郎嘱新妇，不以新妇嘱小郎。”急捉衣裾，将与杖。平子饶力，争得脱，逾窗而走。

14. 郗太尉晚节好谈，既雅非所经，而甚矜之。后朝觐，以王丞相末年多可恨，每见，必欲苦相规诫。王公知其意，每引作它言。临还镇，故命驾诣丞相。丞相翘须厉色，上坐便言：“方当乖别，必欲言其所见。”意满口重，辞殊不流。王公摄其次曰：“后面未期，亦欲尽所怀，愿公勿复谈。”郗遂大瞋，冰衿而出，不得一言。

15. 王丞相为扬州，遣八部从事之职，顾和时为下传还，同时俱见，诸从事各奏二千石官长得失，至和独无言。王问顾曰：“卿何所闻？”答曰：“明公作辅，宁使网漏吞舟，何缘采听风闻，以为察察之政？”丞相咨嗟称佳，诸从事自视缺然也。

23. 殷觊病困，看人政见半面。殷荆州兴晋阳之甲，往与觊别，涕零，属以消息所患。觊答曰："我病自当差，正忧汝患耳！"

容止第十四

1. 魏武将见匈奴使，自以形陋，不足雄远国，使崔季珪代，帝自捉刀立床头。既毕，令间谍问曰："魏王何如？"匈奴使答曰："魏王雅望非常；然床头捉刀人，此乃英雄也。"魏武闻之，追杀此使。

2. 何平叔美姿仪，面至白。魏明帝疑其傅粉，正夏月，与热汤饼。既啖，大汗出，以朱衣自拭，色转皎然。

3. 魏明帝使后弟毛曾与夏侯玄共坐，时人谓"蒹葭倚玉树。"

4. 时人目夏侯太初朗朗如日月之入怀，李安国颓唐如玉山之将崩。

5. 嵇康身长七尺八寸，风姿特秀。见者叹曰："萧萧肃肃，爽朗清举。"或云："肃肃如松下风，高而徐引。"山公曰："嵇叔夜之为人也，岩岩若孤松之独立；其醉也，傀俄若玉山之将崩。”

7. 潘岳妙有姿容，好神情。少时挟弹出洛阳道，妇人遇者，莫不连手共萦之。左太冲绝丑，亦复效岳游遨，于是群妪齐共乱唾之，委顿而返。

8. 王夷甫容貌整丽，妙于谈玄，恒捉玉柄麈尾，与手都无分别。

9. 潘安仁、夏侯湛并有美容，喜同行，时人谓之连璧。

11. 有人语王戎曰："嵇延祖卓卓如野鹤之在鸡群。"答曰："君未见其父耳。"

12. 裴令公有俊容仪，脱冠冕，粗服乱头皆好，时人以为玉人。见者曰："见裴叔则，如玉山上行，光映照人。"

13. 刘伶身长六尺，貌甚丑悴，而悠悠忽忽，土木形骸。

14. 骠骑王武子是卫玠之舅，俊爽有风姿。见玠，辄叹曰："珠玉在侧，觉我形秽。"

17. 王大将军称太尉："处众人中，似珠玉在瓦石间。"

19. 卫玠从豫章至下都，人久闻其名，观者如堵墙。玠先有羸疾，体不堪劳，遂成病而死。时人谓看杀卫玠。

23. 石头事故，朝廷倾覆，温忠武与庾文康投陶公求救。陶公云："肃祖顾命不见及。且苏峻作乱，衅由诸庾，诛其兄弟，不足以谢天下。"于时庾在温船后，闻之，忧怖无计。别日，温劝庾见陶，庾犹豫未能往。温曰："溪狗我所悉，卿但见之，必无忧也。"庾风姿神貌，陶一见便改观，谈宴竟日，爱重顿至。

24. 庾太尉在武昌，秋夜气佳景清，使吏殷浩、王胡之之徒登南楼理咏，音调始遒，闻函道中有屐声甚厉，定是庾公。俄而率左右十许人步来，诸贤欲起避之，公徐云："诸君少住，老子于此处兴复不浅。"因便据胡床，与诸人咏谑，竟坐甚得任乐。后王逸少下，与丞相言及此事，丞相曰："元规尔时风范，不得不小颓。"右军答曰："唯丘壑独存。"

25. 王敬豫有美形，问讯王公。王公抚其肩曰："阿奴，恨才不称！"又云："敬豫事事似王公。"

26. 王右军见杜弘治，叹曰：“面如凝脂，眼如点漆，此神仙中人。”时人有称王长史形者，蔡公曰：“恨诸人不见杜弘治耳！”

29. 林公道王长史：“敛衿作一来，何其轩轩韶举！”

33. 王长史为中书郎，往敬和许。尔时积雪，长史从门外下车，步入尚书，着公服，敬和遥望，叹曰：“此不复似世中人！”

35. 海西时，诸公每朝，朝堂犹暗；唯会稽王来，轩轩如朝霞举。

38. 庾长仁与诸弟入吴，欲住亭中宿。诸弟先上，见群小满屋，都无相避意。长仁曰：“我试观之。”乃策杖将一小儿，始入门，诸客望其神姿，一时退匿。

39. 有人叹王恭形茂者，云：“濯濯如春月柳。”

企羡第十六

6. 孟昶未达时，家在京口。尝见王恭乘高舆，被鹤氅裘。于时微雪，昶于篱间窥之，叹曰：“此真神仙中人！”

伤逝第十七

2. 王浚冲为尚书令，着公服，乘轺车，经黄公酒垆下过。顾谓后车客："吾昔与嵇叔夜、阮嗣宗共酣饮于此垆。竹林之游，亦预其末。自嵇生夭、阮公亡以来，便为时所羁绁。今日视此虽近，邈若山河。"

4. 王戎丧儿万子，山简往省之，王悲不自胜。简曰："孩抱中物，何至于此？"王曰："圣人忘情，最下不及情。情之所钟，正在我辈。"简服其言，更为之恸。

8. 庾亮儿遭苏峻难遇害。诸葛道明女为庾儿妇，既寡，将改适，与亮书及之。亮答曰："贤女尚少，故其宜也。感念亡儿，若在初没。"

9. 庾文康亡，何扬州临葬，云："埋玉树箸土中，使人情何能已已！"

15. 王东亭与谢公交恶。王在东闻谢丧，便出都诣子敬道："欲哭谢公。"子敬始卧，闻其言，便惊起曰："所望于法护。"王于是往哭。督帅刁约不听前，曰："官平生在时，不见此客。"王亦不与语，直前哭，甚恸，不执末婢手而退。

栖逸第十八

1. 阮步兵啸，闻数百步。苏门山中，忽有真人，樵伐者咸共传说。阮籍往观，见其人拥膝岩侧，籍登岭就之，箕踞相对。籍商略终古，上陈黄、农玄寂之道，下考三代盛德之美以问之，仡然不应。复叙有为之教、栖神导气之术以观之，彼犹如前，凝瞩不转。籍因对之长啸。良久，乃笑曰："可更作。"籍复啸。意尽，退，还半岭许，闻上嘈然有声，如数部鼓吹，林谷传响，顾看，乃向人啸也。

5. 何骠骑弟以高情避世，而骠骑劝之令仕，答曰："予第五之名，何必减骠骑？"

10. 孟万年及弟少孤，居武昌阳新县。万年游宦，有盛名当世。少孤未尝出，京邑人士思欲见之，乃遣信报少孤，云："兄病笃。"狼狈至都，时贤见之者，莫不嗟重。因相谓曰："少孤如此，万年可死。"

13. 许玄度隐在永兴南幽穴中，每致四方诸侯之遗。或谓许曰："尝闻箕山人似不尔耳。"许曰："筐篚苞苴，故当轻于天下之宝耳！"

贤媛第十九

4. 魏武帝崩，文帝悉取武帝宫人自侍。及帝病困，卞后出看疾。太后入户，见直侍并是昔日所爱幸者。太后问："何时来邪？"云："正伏魄时过。"因不复前而叹曰："狗鼠不食汝余，死故应尔！"至山陵，亦竟不临。

6. 许允妇是阮卫尉女，德如妹，奇丑。交礼竟，允无复入理，家人深以为忧。会允有客至，妇令婢视之，还答曰："是桓郎。"桓郎者，桓范也。妇云："无忧，桓必劝入。"桓果语许云："阮家既嫁丑女与卿，故当有意，卿宜察之。"许便回入内，既见妇，即欲出。妇料其此出无复入理，便捉裾停之。许因谓曰："妇有四德，卿有其几？"妇曰："新妇所乏唯容尔。然士有百行，君有几？"许云："皆备。"妇曰："夫百行以德为首。君好色不好德，何谓皆备？"允有惭色，遂相敬重。

8. 许允为晋景王所诛，门生走入告其妇。妇正在机中，神色不变，曰："蚤知尔耳！"门人欲藏其儿，妇曰："无豫诸儿事。"后徙居墓所，景王遣钟会看之，若才流及父，当收。儿以咨母，母曰："汝等虽佳，才具不多，率胸怀与语，便无所忧；不须极哀，会止便止；又可少问朝事。"儿从之。会反，以状对，卒免。

11. 山公与嵇、阮一面，契若金兰。山妻韩氏，觉公与二人异于常交，问公，公曰："我当年可以为友者，唯此二生耳。"妻曰："负羁之妻亦亲观狐、赵，意欲窥之，可乎？"他日，二人来，妻劝公止之宿，具酒肉。夜穿墉以视之，达旦忘反。公入曰："二人何如？"妻曰："君才致殊不如，正当以识度相友耳。"公曰："伊辈亦常以我度为胜。"

15. 王汝南少无婚，自求郝普女。司空以其痴，会无婚处，任其意，便许之。既婚，果有令姿淑德，生东海，遂为王氏母仪。或问汝南："何以知之？"曰："尝见井上取水，举动容止不失常，未尝忤观，以此知之。"

18. 周浚作安东时，行猎，值暴雨，过汝南李氏。李氏富足，而男子不在。有女名络秀，闻外有贵人，与一婢于内宰猪羊，作数十人饮食，事事精办，不闻有人声。密觇之，独见一女子，状貌非常，浚因求为妾。父兄不许。络秀曰："门户殄瘁，何惜一女？若连姻贵族，将来或大益。"父兄从之。遂生伯仁兄弟。络秀语伯仁等："我所以屈节为汝家作妾，门户计耳！汝若不与吾家作亲亲者，吾亦不惜余年！"伯仁等悉从命。由此李氏在世，得方幅齿遇。

26. 王凝之谢夫人既往王氏，大薄凝之。既还谢家，意大不说。太傅慰释之曰："王郎，逸少之子，人材亦不恶，汝何以恨乃尔？"答曰："一门叔父，则有阿大、中郎；群从兄弟，则有封胡、遏末。不意天壤之中，乃有王郎！"

28. 王江州夫人语谢遏曰："汝何以都不复进？为是尘务经心，天分有限？"

30. 谢遏绝重其姊，张玄常称其妹，欲以敌之。有济尼者，并游张、谢二家，人问其优劣，答曰："王夫人神情散朗，故有林下风气；顾家妇清心玉映，自是闺房之秀。"

术解第二十

2. 荀勖尝在晋武帝坐上食笋进饭，谓在坐人曰："此是劳薪炊也。"坐者未之信，密遣问之，实用故车脚。

宠礼第二十二

1. 元帝正会，引王丞相登御床，王公固辞，中宗引之弥苦。王公曰："使太阳与万物同晖，臣下何以瞻仰？"

任诞第二十三

2. 阮籍遭母丧，在晋文王坐进酒肉。司隶何曾亦在坐，曰："明公方以孝治天下，而阮籍以重丧显于公坐饮酒食肉，宜流之海外，以正风教。"文王曰："嗣宗毁顿如此，君不能共忧之，何谓？且有疾而饮酒食肉，固丧礼也！"籍饮啖不辍，神色自若。

5. 步兵校尉缺，厨中有贮酒数百斛，阮籍乃求为步兵校尉。

6. 刘伶恒纵酒放达，或脱衣裸形在屋中。人见讥之，伶曰："我以天地为栋宇，屋室为裈衣，诸君何为入我裈中！"

10. 阮仲容、步兵居道南，诸阮居道北。北阮皆富，南阮贫。七月七日，北阮盛晒衣，皆纱罗锦绮。仲容以竿挂大布犊鼻裈于中庭。人或怪之，答曰："未能免俗，聊复尔耳。"

13. 阮浑长成，风气韵度似父，亦欲作达。步兵曰："仲容已预之，卿不得复尔。"

14. 裴成公妇，王戎女。王戎晨往裴许，不通径前。裴从床南下，女从北下，相对作宾主，了无异色。

22. 贺司空入洛赴命，为太孙舍人，经吴阊门，在船中弹琴。张季鹰本不相识，先在金阊亭，闻弦甚清，下船就贺，因共语，便大相知说。问贺："卿欲何之？"贺曰："入洛赴命，正尔进路。"张曰："吾亦有事北京，因路寄载。"便与贺同发。初不告家，家追问，乃知。

25. 有人讥周仆射："与亲友言戏秽杂无检节。"周曰："吾若万里长江，何能不千里一曲！"

27. 温公喜慢语，卞令礼法自居。至庾公许，大相剖击，温发口鄙秽，庾公徐曰："太真终日无鄙言。"

28. 周伯仁风德雅重，深达危乱。过江积年，恒大饮酒，尝经三日不醒。时人谓之"三日仆射"。

35. 王光禄云："酒，正使人人自远。"

47. 王子猷居山阴，夜大雪，眠觉，开室命酌酒，四望皎然。因起彷徨，咏左思《招隐诗》。忽忆戴安道。时戴在剡，即便夜乘小舟就之。经宿方至，造门不前而返。人问其故，王曰："吾本乘兴而行，兴尽而返，何必见戴？"

48. 王卫军云："酒正引人着胜地。"

49. 王子猷出都，尚在渚下。旧闻桓子野善吹笛，而不相识。遇桓于岸上过，王在船中，客有识之者云：“是桓子野。”王便令人与相闻，云：“闻君善吹笛，试为我一奏。”桓时已贵显，素闻王名，即便回下车，踞胡床，为作三调。弄毕，便上车去。客主不交一言。

52. 王佛大叹言：“三日不饮酒，觉形神不复相亲。”

53. 王孝伯言：“名士不必须奇才，但使常得无事，痛饮酒，熟读《离骚》，便可称名士。”

简傲第二十四

1. 晋文王功德盛大，坐席严敬，拟于王者，唯阮籍在坐，箕踞啸歌，酣放自若。

2. 王戎弱冠诣阮籍，时刘公荣在坐，阮谓王曰：“偶有二斗美酒，当与君共饮，彼公荣者无预焉。”二人交觞酬酢，公荣遂不得一杯，而言语谈戏三人无异。或有问之者，阮答曰：“胜公荣者，不得不与饮酒；不如公荣者，不可不与饮酒；唯公荣，可不与饮酒。”

3. 钟士季精有才理，先不识嵇康，钟要于时贤俊之士，俱往寻康。康方大树下锻，向子期为佐鼓排。康扬槌不辍，傍若无人，移时不交一言。钟起去，康曰："何所闻而来？何所见而去？"钟曰："闻所闻而来，见所见而去。"

4. 嵇康与吕安善，每一相思，千里命驾。安后来，值康不在，喜出户延之，不入，题门上作"鳳"字而去。喜不觉，犹以为欣，故作。"鳳"字，凡鸟也。

6. 王平子出为荆州，王太尉及时贤送者倾路。时庭中有大树，上有鹊巢，平子脱衣巾，径上树取鹊子，凉衣拘阂树枝，便复脱去。得鹊子还下，弄，神色自若，傍若无人。

7. 高坐道人于丞相坐，恒偃卧其侧。见卞令，肃然改容云："彼是礼法人。"

9. 谢万在兄前，欲起索便器。于时阮思旷在坐，曰："新出门户，笃而无礼。"

10. 谢中郎是王蓝田女婿。尝着白纶巾，肩舆径至扬州听事见王，直言曰："人言君侯痴，君侯信自痴。"蓝田曰："非无此论，但晚令耳。"

11. 王子猷作桓车骑骑兵参军。桓问曰："卿何署？"答曰："不知何署，时见牵马来，似是马曹。"桓又问："官有几马？"答曰："不问马，何由知其数？"又问："马比死多少？"答曰："未知生，焉知死。"

12. 谢公与谢万共出西，过吴郡，阿万欲相与共萃王恬许，太傅云："恐伊不必酬汝，意不足尔。"万犹苦要，太傅坚不回，万乃独往。坐少时，王便入门内，谢殊有欣色，以为厚待己。良久，乃沐头散发而出，亦不坐，仍据胡床，在中庭晒头，神气傲迈，了无相酬对意。谢于是乃还，未至船，逆呼太傅，安曰："阿螭不作尔。"

13. 王子猷作桓车骑参军。桓谓王曰："卿在府久，比当相料理。"初不答，直高视，以手版拄颊云："西山朝来，致有爽气。"

16. 王子猷尝行过吴中，见一士大夫家极有好竹，主已知子猷当往，乃洒扫施设，在听事坐相待。王肩舆径造竹下，讽啸良久，主已失望，犹冀还当通。遂直欲出门。主人大不堪，便令左右闭门，不听出。王更以此赏主人，乃留坐，尽欢而去。

17. 王子敬自会稽经吴，闻顾辟疆有名园。先不识主人，径往其家。值顾方集宾友酣燕，而王游历既毕，指麾好恶，傍若无人。顾勃然不堪曰："傲主人，非礼也；以贵骄人，非道也。失此二者，不足齿人伧耳！"便驱其左右出门。王独在舆上回转，顾望左右移时不至，然后令送着门外，怡然不屑。

排调第二十五

4. 嵇、阮、山、刘在竹林酣饮，王戎后往。步兵曰："俗物已复来败人意！"王笑曰："卿辈意，亦复可败邪？"

9. 荀鸣鹤、陆士龙二人未相识，俱会张茂先坐。张令共语。以其并有大才，可勿作常语。陆举手曰："云间陆士龙。"荀答曰："日下荀鸣鹤。"陆曰："既开青云，睹白雉，何不张尔弓，布尔矢？"荀答曰："本谓云龙骙骙，定是山鹿野麋，兽弱弓强，是以发迟。"张乃抚掌大笑。

11. 元帝皇子生，普赐群臣。殷洪乔谢曰："皇子诞育，普天同庆。臣无勋焉，而猥颁厚赉。"中宗笑曰："此事岂可使卿有勋邪？"

12. 诸葛令、王丞相共争姓族先后。王曰："何不言葛、王，而云王、葛？"令曰："譬言驴马，不言马驴，驴宁胜马邪？"

15. 谢幼舆谓周侯曰："卿类社树，远望之，峨峨拂青天；就而视之，其根则群狐所托，下聚溷而已！"答曰："枝条拂青天，不以为高；群狐乱其下，不以为浊。聚溷之秽，卿之所保，何足自称？"

29. 王、刘每不重蔡公。二人尝诣蔡，语良久，乃问蔡曰："公自言何如夷甫？"答曰："身不如夷甫。"王、刘相目而笑曰："公何处不如？"答曰："夷甫无君辈客。"

31. 郝隆七月七日出日中仰卧。人问其故，答曰："我晒书。"

33. 庾园客诣孙监，值行，见齐庄在外，尚幼，而有神意。庾试之曰："孙安国何在？"即答曰："庾稚恭家。"庾大笑曰："诸孙大盛，有儿如此！"又答曰："未若诸庾之翼翼。"还，语人曰："我故胜，得重唤奴父名。"

假谲第二十七

3. 魏武常言："人欲危己，己辄心动。"因语所亲小人曰："汝怀刃密来我侧，我必说'心动'，执汝使行刑，汝但勿言其使，无他，当厚相报。"执者信焉，不以为惧，遂斩之。此人至死不知也。左右以为实，谋逆者挫气矣。

4. 魏武常云："我眠中不可妄近，近便斫人，亦不自觉。左右宜深慎此！"后阳眠，所幸一人，窃以被覆之，因便斫杀。自尔每眠，左右莫敢近者。

10. 诸葛令女，庾氏妇，既寡，誓云："不复重出！"此女性甚正强，无有登车理。恢既许江思玄婚，乃移家近之。初诳女云："宜徙。"于是家人一时去，独留女在后。比其觉，已不复得出。江郎莫来，女哭詈弥甚，积日渐歇。江虨暝入宿，恒在对床上。后观其意转帖，虨乃诈厌，良久不悟，声气转急。女乃呼婢云："唤江郎觉！"江于是跃来就之，曰："我自是天下男子，厌，何预卿事而见唤邪？既尔相关，不得不与人语。"女默然而惭，情义遂笃。

12. 王文度弟阿智，恶乃不翅，当年长而无人与婚。孙兴公有一女，亦僻错，又无嫁娶理。因诣文度，求见阿智。既见，便阳言："此定可，殊不如人所传，那得至今未有婚处？我有一女，乃不恶，但吾寒士，不宜与卿计，欲令阿智娶之。"文度欣然而启蓝田云："兴公向来，忽言欲与阿智婚。"蓝田惊喜。既成婚，女之顽嚚，欲过阿智。方知兴公之诈。

俭啬第二十九

1. 和峤性至俭，家有好李，王武子求之，与不过数十。

王武子因其上直，率将少年能食之者，持斧诣园，饱共啖毕，伐之，送一车枝与和公，问曰："何如君李？"和既得，唯笑而已。

2. 王戎俭吝，其从子婚，与一单衣，后更责之。

3. 司徒王戎既贵且富，区宅、僮牧、膏田、水碓之属，洛下无比。契疏鞅掌，每与夫人烛下散筹算计。

4. 王戎有好李，卖之，恐人得其种，恒钻其核。

5. 王戎女适裴頠，贷钱数万。女归，戎色不说，女遽还钱，乃释然。

汰侈第三十

1. 石崇每要客燕集，常令美人行酒，客饮酒不尽者，使黄门交斩美人。王丞相与大将军尝共诣崇。丞相素不能饮，辄自勉强，至于沉醉。每至大将军，固不饮以观其变，已斩三人，颜色如故，尚不肯饮。丞相让之，大将军曰："自杀伊家人，何预卿事！"

2. 石崇厕常有十余婢侍列，皆丽服藻饰，置甲煎粉、沉香汁之属，无不毕备。又与新衣着令出。客多羞，不能如厕。王大将军往，脱故衣，着新衣，神色傲然。群婢相谓曰："此客必能作贼。"

4. 王君夫以粭糒澳釜，石季伦用蜡烛作炊。君夫作紫丝巾步障碧绫裹四十里，石崇作锦步障五十里以敌之。石以椒为泥，王以赤石脂泥壁。

5. 石崇为客作豆粥，咄嗟便办。恒冬天得韭蓱齑。又牛形状气力不胜王恺牛，而与恺出游，极晚发，争入洛城，崇牛数十步后，迅若飞禽，恺牛绝走不能及。每以此三事搤腕。乃密货崇帐下都督及御车人，问所以。都督曰："豆至难煮，唯豫作熟末，客至，作白粥以投之。韭蓱齑是捣韭根，杂以麦苗尔。"复问驭人牛所以驶。驭人云："牛本不迟，由将车人不及制之尔。急时听偏辕，则驶矣。"恺悉从之，遂争长。石崇后闻，皆杀告者。

6. 王君夫有牛名八百里驳，常莹其蹄角。王武子语君夫："我射不如卿，今指赌卿牛，以千万对之。"君夫既恃手快，且谓骏物无有杀理，便相然可，令武子先射。武子一起便破的，却据胡床，叱左右："速探牛心来！"须臾，炙至，一脔便去。

8. 石崇与王恺争豪，并穷绮丽，以饰舆服。武帝，恺之甥也，每助恺。尝以一珊瑚树高二尺许赐恺。枝柯扶疏，世罕其比。恺以示崇，崇视讫，以铁如意击之，应手而碎。恺既惋惜，又以为疾己之宝，声色甚厉。崇曰："不足恨，今还卿。"乃命左右悉取珊瑚树，有三尺、四尺，条干绝世，光彩溢目者六七枚，如恺许比甚众。恺惘然自失。

忿狷第三十一

2. 王蓝田性急。尝食鸡子，以箸刺之，不得，便大怒，举以掷地。鸡子于地圆转未止，仍下地以屐齿碾之，又不得，瞋甚，复于地取内口中，啮破即吐之。王右军闻而大笑曰："使安期有此性，犹当无一豪可论，况蓝田邪?"

5. 谢无奕性粗强，以事不相得，自往数王蓝田，肆言极骂。王正色面壁不敢动。半日谢去，良久，转头问左右小吏曰："去未?"答云："已去。"然后复坐。时人叹其性急而能有所容。

7. 王大、王恭尝俱在何仆射坐。恭时为丹阳尹，大始拜荆州。讫将乖之际，大劝恭酒，恭不为饮，大逼强之，转苦。便各以裙带绕手。恭府近千人，悉呼入斋；大左右虽少，亦命前，意便欲相杀。何仆射无计，因起排坐二人之间，方得分散。所谓势利之交，古人羞之。

尤悔第三十三

1. 魏文帝忌弟任城王骁壮。因在卞太后阁共围棋，并啖枣，文帝以毒置诸枣蒂中。自选可食者而进，王弗悟，遂杂进之。既中毒，太后索水救之。帝预敕左右毁瓶罐，太后徒跣趋井，无以汲。须臾，遂卒。复欲害东阿，太后曰："汝已杀我任城，不得复杀我东阿。"

6. 王大将军起事，丞相兄弟诣阙谢。周侯深忧诸王，始入，甚有忧色。丞相呼周侯曰："百口委卿！"周直过不应。既入，苦相存救。既释，周大说，饮酒。及出，诸王故在门。周曰："今年杀诸贼奴，当取金印如斗大系肘后。"大将军至石头，问丞相曰："周侯可为三公不？"丞相不答。又问："可为尚书令不？"又不应。因云："如此，唯当杀之耳！"复默然。逮周侯被害，丞相后知周侯救己，叹曰："我不杀周侯，周侯由我而死。幽冥中负此人！"

8. 王大将军于众坐中曰："诸周由来未有作三公者。"有人答曰："唯周侯邑五马领头而不克。"大将军曰："我与周，洛下相遇，一面顿尽。值世纷纭，遂至于此！"因为流涕。

13. 桓公卧语曰："作此寂寂，将为文、景所笑！"既而屈起坐曰："既不能流芳后世，亦不足复遗臭万载邪？"

惑溺第三十五

2. 荀奉倩与妇至笃，冬月妇病热，乃出中庭自取冷，还以身熨之。妇亡，奉倩后少时亦卒。以是获讥于世。奉倩曰："妇人德不足称，当以色为主。"裴令闻之，曰："此乃是兴到之事，非盛德言，冀后人未昧此语。"

仇隙第三十六

1. 孙秀既恨石崇不与绿珠，又憾潘岳昔遇之不以礼。后秀为中书令。岳省内见之，因唤曰："孙令，忆畴昔周旋不？"秀曰："中心藏之，何日忘之？"岳于是始知必不免。后收石崇、欧阳坚石，同日收岳。石先送市，亦不相知。潘后至，石谓潘曰："安仁，卿亦复尔邪？"潘曰："可谓白首同所归。"潘金谷集诗云："投分寄石友，白首同所归。"乃成其谶。

后　记

我最初动手写这类谈论《世说新语》的稿子，是因为“种德元典读书会”。这个读书会是由冯国栋、刘正平、兰宇冬三人在2014年10月发起的，主要讲读古代文史经典，从先秦的典籍开讲。正平邀我参与，我自认对于先秦典籍只有去听讲的份儿，他说你得选择讲一个，然后列了一串书目。我想我要入伙的话总得拎点东西去，就选了《世说新语》。于是在2014年11月29日这个周日的下午，我就和他们一起开始讲读《世说新语》。

读书会的讲读规矩，是要大家相互问疑答疑，以疏通字词，阐释文义，旁涉历史文化，这一点冯、刘、兰都是长项，我坐在那儿并不费劲，适当地把握一下讲读进程的节奏就行了，比如我选定从“任诞”、“简傲”开始，目的是首先感受一下那些“越名教而任自然”的言行，由此领略魏晋名士们那些追求个性自由的精神和不屈己应物的境界。在这个过程中，我就有些关于魏晋名士风度的心得体会，比如名士们那些被后世追慕赞赏的言行，其中的趣味、韵味应该如何地阐述出来。这方面的内容不便在读书会上展开，因为太占时间了，于是，我就打算自己试着撰文阐述一下。如此以来，就有了第一篇——《如何配合着玩出魏晋风度》，那是2014年12月23日夜里定的稿，然后交与正平，让他发布在“种德元典读书会”的微信公众号上。零零散散地，到我写出第四篇《拜访名士有多重要》时，已是2015年的三月底了。然后就是《名士相见斗什么》系列的三篇：斗嘴，斗富，斗姿态。

公众号上发布后，大家喜欢看（当然，不喜欢看的也没告诉我），看得很欢乐。行业内的师友觉得有趣，行业外的师友也觉得有趣，然后就有人问我下一篇名士准备斗什么，就有人催促我继续写因为他们正追着看。本来呢，我也没把写这个太当回事，有点想法了，就查找材料、组织材料、构思成篇，但大家说读起来挺欢乐的，我就有压力了。这么多年的专业学习，现在写这样的随笔式文字，我自感可以“闲话”，但不能“大话”，不能信马由缰，最好能达到“既有门道可看，也有热闹可看”，所以在如何构思、如何表述方面，我还是动了点心思的。我的思路基本有两点，一是“踩点”，二是“调味”。

我一般是在晚饭后散步时“踩点”的，边走边想，思考着在这些零散的片段中找一些趣味盎然的立意，能体现出名士们的风神气貌，还有喜乐哀愁。我们现在看到的《世说新语》有三十六个门类，共有1136条片段，记述了名士们形形色色的玄远冷俊的语言和高简瑰奇的行为（鲁迅评《世说新语》是“记言则玄远冷俊，记行则高简瑰奇”），刘义庆他们就把这些片段式的言行安安稳稳地归结在这三十六个门类中，比如方正、豪爽、容止、任诞、简傲、排调，等等。而对于安放在这三十六个门类中的零散言行，我打算给它们踩好点，然后唤醒它们，让它们再动起来，重新出发，随着名士们潇洒走一回，比如去拜访名士。当然，师友们也会给我的“踩点”提一些建议，比如在2015年末一次冬日闲散的法喜寺之游（同游者有张树国、刘正平与我），刘正平就提出让名士们“斗演技”，我答应下来，但直到2017年春天过完了才呈现出来。当然，名士们没斗过的或斗得没啥境界的，我就不能写了。

至于“调味”，就是想着把名士们的精神气貌所包含的趣味、韵味传达出来，而且不是去描述这个味道。或者说，不是对名士们的具体言行进行历史背景、文化背景的讲解阐发，不是对名士们的精神气貌作总结性的描述、解释，而是想根据我对某类文献材料的分析和把握，据其神，赋其形，让大家感受到名士们其言其行所蕴含的趣味在何处，也就是要调制出味道，希望读者朋友自己能来感受到这味道。

因为要费心思去“踩点”、“调味”，还考虑到这也不是我必须要完成的任务，我还得要忙活着手头上的课题项目，所以后来我写得挺慢的，季节轮换时，长假短假里，才会写上一篇。可是，当2015年10月底，伍姬颖带着浙江古籍出版社的陈小林、李林来我家约稿后，这个写作就转变成我的任务了。小林也是看到公众号上发布的那几篇文章，觉得可读性强，便约我继续撰写，结集出版。我欣然答应，但请他容我时日。小林爽快应允，并说计划已经上报，暂用书名为《名士派：〈世说新语〉的世界》。看来，他真是有备而来的。我当时觉得这个书名不错，“派”字在这里可指风度，也可指气势或习气，还有聚会（party）的意思。直到最后定稿时，我还是没有其他更合适的书名能替换它。

但是，小林希望的交稿日期我却不得不迁延了。一是我有科研项目需要结题，二是我觉得既然要当本书来写，就得有个通盘考虑，比如不能零散踩点了，而应集中踩点，这并不是说要延长散步时间，而是要增加或拓展文献阅读。当时的架势拉得挺足的，但到最后切实动笔写了，发现真要完成构想的计划，即便集中三个月时间也难以完成。于是再对选题进行斟酌、挑选，就拣了一些材料充足、构思满意的选题，而且考虑到是纸本阅读，篇幅较以前也大为增加了，比如《名士相见斗什么》系列，以前写的三篇都是四千字多些，而后来写的两篇都要在八千字以上了，最后一篇《名士但得常无事》则写到了一万五千字。至于那些落选的题目，就留待以后我再慢慢拾掇它们吧。

感谢诸位师友对这些文字的鼓励和认可。

徐大军

2017年8月24日